죽어가는 짐승

THE DYING ANIMAL
by Philip Roth

이 도서의 국립중앙도서관 출판예정도서목록(CIP)은
서지정보유통지원시스템 홈페이지(http://seoji.nl.go.kr)와
국가자료공동목록시스템(http://www.nl.go.kr/kolisnet)에서 이용하실 수 있습니다.
(CIP제어번호: CIP2015026178)

The Dying Animal

Philip Roth

죽어가는 짐승

필립 로스 장편소설 | **정영목** 옮김

문학동네

일러두기

1. 주석은 모두 옮긴이주이다.
2. 본문 중 고딕체는 원서에서 이탤릭체나 대문자로 강조한 부분이다.

N. M.에게

몸에도 뇌만큼 삶의 이야기가 담겨 있다.

에드나 오브라이언

The Dying Animal

Philip Roth

차례

그 아이는 팔 년 전에 알았지. 내 수업을 들었어. 나는 이제 전임이 아니고, 엄격히 말하면 문학은 전혀 가르치지 않아—지금까지 몇 년 동안 수업은 딱 하나만 했는데 '실제 비평'이라고 부르는 4학년 비평 쓰기 대형 세미나야. 내가 가르치는 반에는 여학생이 많이 와. 이유는 두 가지. 하나는 이것이 문학적 광채와 저널리즘의 광채를 매혹적으로 결합한 과목이라는 것 때문이고, 또하나는 내가 NPR*에서 서평을 하는 것을 들었거나 '서틴'**에서 문화에 관해 이야기하는 것을 보았기 때문이야. 지난 십오 년 동

* National Public Radio. 미국 공영 라디오방송.

** 뉴저지의 텔레비전 방송국.

안 텔레비전 프로그램에서 문화평론가 역할을 하면서 이 지역에서 상당히 알려지게 되었고 그래서 여학생들이 내 수업에 몰려오는 거지. 처음에는 텔레비전에서 일주일에 한 번씩 십 분 동안 이야기를 하는 게 그렇게 대단한 일이 될 수도 있다는 걸 깨닫지 못했지만, 결국 이 학생들에게는 그렇게 되고 있어. 이 학생들은 명성에 무력하게 이끌리고 있는 거지. 내 명성이란 거야 정말 별거 아니긴 하지만.

자, 나는 여성적 아름다움에 아주 약해, 너도 알다시피 말이야. 누구나 어떤 것 한 가지에는 무방비 상태가 되기 마련인데 내 경우에는 바로 그거야. 그게 눈에 들어오면 다른 모든 것은 눈에 보이지 않아. 여학생들이 첫 수업에 오면 나는 그 즉시 나한테 맞는 아이가 누구인지 알지. 마크 트웨인의 어떤 이야기에 이런 대목이 나와. 트웨인이 황소를 피해 달아나다 나무에 올라가 숨자 황소가 그를 쳐다보며 '댁은 내 밥이올시다, 선생' 하고 생각하지. 음, 내가 수업에서 그런 아이를 보면 그 '선생'이 '아가씨'로 바뀌지. 이제 팔 년이 된 일이야—나는 이미 예순둘이었고 그 아이, 콘수엘라 카스티요는 스물넷이었어. 그 아이는 나머지 학생들과는 달라. 학생처럼, 적어도 보통 학생처럼은 보이지 않아. 아직 사춘기에서 완전히 벗어나지 못한 아이도 아니고, 구부정하고, 단정치 못하고, "있잖아요"를 남발하는 아이도 아니야.

제대로 말을 하고, 정신이 말짱하고, 자세가 완벽해—앉고 서고 걷는 방법은 물론이고 어른의 삶에 관해서도 뭔가 아는 것처럼 보여. 수업에 들어오는 순간 이 아이는 더 알고 있거나 아니면 더 알고 싶어한다는 것이 딱 보여. 아이의 옷차림새. 딱히 세련되었다고도 할 수 없고 당연히 화려한 쪽도 아니지만 그래도 일단 다린 것이든 안 다린 것이든 청바지는 절대 입지 않아. 신중하게, 또 한껏 취향을 드러내어, 스커트, 드레스, 맞춤 바지를 입어. 자기 관능미를 탈색시킨다기보다는, 뭐랄까, 자신을 전문가로 치장하는 쪽이지. 마치 명성 있는 법률회사의 매력적인 비서 같은 차림이야. 은행장 비서 같은 차림. 금색 단추가 달린 파란색 맞춤 블레이저 안에 크림색 실크 블라우스를 입고 고풍스러운 고급 갈색 가죽 핸드백을 들고 거기에 어울리는 귀여운 앵클부츠를 신는데, 약간 신축성이 있는 회색 니트 스커트는 그런 스커트가 드러낼 수 있을 만큼 은근하게 몸매를 드러내지. 머리는 자연스러워 보이지만 손질을 많이 한 거야. 안색은 창백하고, 입은 활 모양이지만 입술은 도톰하고, 둥그런 이마는 브란쿠시*의 조각처럼 매끈하고 우아해서 은은하게 빛을 발해. 이 아이는 쿠바계야. 아이의 가족은 저지의 부유한 쿠바인 집안인데 강 건

* 루마니아 태생의 현대 조각가.

너 버건 카운티에 살아. 아이의 검디검은 머리는 윤기가 흐르지만 살짝 거친 느낌이 있어. 몸집은 커. 큰 여자야. 실크 블라우스가 세번째 단추까지 풀려 있어서 그 안에 강렬하고 아름다운 젖가슴이 있다는 걸 알 수 있어. 가슴골이 바로 보이거든. 아이가 그 사실을 알고 있다는 것도 보여. 단정함, 꼼꼼함, 세심하게 매만진 스타일에도 불구하고—아니 그것 때문에—아이가 자신을 의식하는 게 보여. 아이는 첫 수업에 들어올 때 블라우스 위로 재킷 단추를 채웠지만 한 오 분쯤 지나니 재킷을 벗고 있더군. 그러다 다시 아이 쪽을 흘끗 보니 도로 입은 게 보여. 그래서 아이가 자신의 힘을 의식하기는 하지만 아직은 그 힘을 어떻게 이용할지, 그 힘으로 무엇을 할지, 심지어 그 힘을 얼마나 원하는지 스스로도 잘 모른다는 것이 파악이 돼. 그 몸은 아이에게 여전히 새로운 것이라 여전히 시험해보고 꼼꼼히 생각해보는 중인데, 장전된 총을 들고 거리를 걸으면서도 그것을 들고 나온 게 자신을 보호하기 위해선지 아니면 범죄자의 인생을 시작하려는 건지 아직 잘 모르는 애와 비슷한 면이 있는 셈이지.

아이는 다른 것도 의식하고 있는데 그건 수업 한 번으로는 알 수 없는 것이었어. 그건 이 아이가 구식이어서 경건한 태도로 문화를 중시한다는 거야. 그렇다고 그런 문화로 먹고살고 싶어한다는 건 아니야. 그러지도 않고 그럴 수도 없을 테지만—그러기에는 너무 전통적인 집안에서 잘 자랐거든—그래도 문화는 아이가 아는 다른 어떤 것보다 중요하고 멋진 거야. 인상파는 황홀하다고 생각하지만, 입체파 피카소는 그 그림이 무엇을 하려는 것인지 파악하려고 온 힘을 다해 애쓰면서 오랫동안 뚫어져라 봐야 하는—그러는 동안에도 늘 어떤 당혹스러운 느낌이 떠나지 않지만—그런 아이야. 그 자리에 그대로 서서 놀랍고 새로운 감각, 새로운 생각, 새로운 감정이 찾아오기를 기다리다가 오지 않으면, 도저히 올 것 같지 않으면, 자신이 모자라고 부족하다고 자책해…… 뭐가 부족한 걸까? 아이는 자신에게 부족한 것이 무엇인지조차 모른다고 자책해. 현대적인 느낌을 풍기는 예술을 보면 단지 혼란에 빠지기만 하는 게 아니라 스스로에게 실망하기까지 하는 거야. 더 중요하게 다가왔다면, 혹시라도 자신에게 변화를 가져왔다면 아이는 피카소를 정말 좋아했으련만, 천재의 무대에는 막이 내려져 있어 시야가 막히기 때문에 약간 거리를 두고 숭배할 수밖에 없어. 이 아이는 예술에, 예술의 모든 것에 자신이 받는 것보다 훨씬 많은 것을 주는데 이런 열심에는 그 나름의 아릿한 매력이 없지 않아. 선한 마음, 예쁜 얼굴, 잡아끌면서도 거리를 두는 눈길, 멋진 젖가슴. 여자로서 갓 부화했기에 그 달걀 모양의 이마에 깨진 껍질 몇 조각이 붙어 있다 해도 놀라지 않았을 거야. 나는 즉시 이 아이가 내 여자가 될 것임을 알았어.

자, 나한테는 약 십오 년 동안 한 번도 어긴 적이 없는 확고한 규칙이 하나 있어. 아이들이 기말시험을 다 치르고 성적까지 나와 내가 학부모를 대신해 아이들을 감독하는 자리에서 공식적으로 벗어나기 전까지는 아이들과 개인적으로 접촉하지 않아. 유혹에도 불구하고—심지어 슬쩍 밀고 당겨보며 접근해온다는 분명한 신호가 있어도—지난 80년대 중반에 내 연구실 밖에 성추행 신고 비상 전화번호가 붙은 이후로는 이 규칙을 어긴 적이 없어. 할 수만 있다면 어떻게든 내가 인생을 즐기는 것을 방해하려는 자들과 대학에서 부딪치지 않으려고 그 이전에는 접촉하지 않는 거야.

나는 매년 십사 주를 가르치고 그동안에는 아이들과 일을 만들지 않아. 대신 책략을 쓰지. 정직한 책략이고, 공개적이고 공명정대한 책략이지만 그럼에도 책략은 책략이야. 기말시험이 끝나고 점수까지 매기면 내 아파트에서 학생들을 위한 파티를 여는 거야. 늘 성공하고 늘 똑같아. 나는 학생들한테 여섯시쯤 한잔하러 오라고 초대해. 여섯시에서 여덟시까지 술을 마실 거라고 말하지만 아이들은 늘 새벽 두시까지 떠나지 않아. 가장 용감한 축에 속하는 아이들은 열시가 지나면 생기 넘치는 인물로 변해서 내게 정말로 관심 있는 게 무엇인지 이야기해. '실제 비평'

세미나에는 학생이 스무 명쯤, 때로는 스물다섯 명이나 들어오기 때문에 여학생이 열다섯 명에서 열여섯 명, 남학생이 대여섯 명쯤 되는데, 남학생들 가운데 이성애자는 두세 명이야. 이 아이들 가운데 반이 열시면 떠나. 일반적으로 이성애자 남자아이 한 명, 또 가끔 동성애자 남자아이 한 명, 거기에 여학생이 한 아홉 명쯤 남아. 늘 이 아이들이 무리 가운데 가장 교양 있고 똑똑하고 활발하지. 이 아이들은 자신들이 읽고 있는 것, 듣고 있는 것, 찾아가본 전시회 이야기를 해—보통 나이든 사람들과 함께 있을 때는 잘 드러내지 않고 친구들하고 있을 때도 반드시 드러내지는 않는 열의를 드러내는 거야. 아이들은 내 수업에서 서로를 발견해. 또 나를 발견해. 그러다 파티를 하면서 갑자기 내가 한 인간임을 보게 되지. 나는 그 아이들의 선생이 아니고, 나는 나의 명성이 아니고, 나는 그 아이들의 부모가 아니야. 나는 쾌적하고 정리가 잘되어 있는 복층 아파트에 사는데, 그곳에서 아이들은 내 커다란 서재, 내가 평생에 걸쳐 읽은 책들을 품고 아래층 기의 전체를 차지하며 늘어서 있는 양면 서가들을 보고, 내 피아노를 보고, 내가 하는 일에 대한 나의 헌신을 보고, 그리고 떠날 생각을 하지 않아.

어느 해엔가 시계 속에 들어가 숨은 동화 속의 염소와 비슷한 짓을 한 학생이 가장 웃겼지. 새벽 두시에 아이들을 다 내보냈는데, 작별 인사를 하다가 여학생이 한 명 없다는 걸 알게 되었어. 내가 말했지. "우리 반의 어릿광대, 프로스퍼로*의 딸은 어디 갔지?" "아, 미란다는 아까 간 것 같은데요." 누군가가 대답했어. 다시 아파트 안으로 들어가 청소를 시작하는데 위층에서 문이 닫히는 소리가 들리더군. 욕실 문이었어. 미란다가 층계를 내려오며 웃음을 터뜨렸는데 그 완전히 풀린 듯한 멍한 얼굴이 환하게 빛나고 있었어. 그 순간까지는 그 아이가 그렇게 예쁜 줄 몰랐어. "저 영리하죠? 지금까지 위층 욕실에 숨어 있었는데 이제 교수님하고 잘 거예요."

키가 155센티미터나 될까 싶은 그 자그마한 것이 내게 젖통이를 보여주려고 스웨터를 벗었고, 그러자 막 일탈을 향해 나아가는 발튀스**의 처녀 같은 사춘기 몸통이 드러났어. 물론 우리는 함께 잤지. 미란다는 저녁 내내 발튀스의 그림 속 위태로운 멜로드라마로부터 흥미로운 종강 파티로 탈출한 소녀처럼 엉덩이를 들어올리고 네 발로 바닥을 기거나 소파에 무력하게 누워 있거나 즐겁게 안락의자 팔걸이에 다리를 걸치고 편하게 앉아 있었어. 스커트가 허벅지 위로 말려올라가고 두 다리를 단정치 못하게

---

* 셰익스피어의 『템페스트』 속 등장인물.

** 프랑스의 현대 화가.

벌리는 바람에 옷을 다 입고 있는데도 반은 벗은 듯한 발튀스의 분위기가 난다는 사실은 까맣게 모르는 듯했어. 모든 것이 가려져 있으면서도 아무것도 감추어지지 않은 거지. 이런 여학생들 가운데 다수는 열네 살 때부터 섹스를 해왔기 때문에, 이십대에 이르면 한두 명은 딱 한 번이라 해도 내 나이 또래의 남자와 해보고 싶은 호기심을 느끼고 다음날 친구들에게 그 이야기를 하고 싶은 마음도 간절해져. 그러면 친구들은 얼굴을 찌푸리며 묻지. "하지만 그 사람 피부는? 이상한 냄새 나지 않았어? 긴 백발은? 목에 늘어진 살은? 올챙이배는? 역겹지 않았어?"

미란다는 나중에 말했어. "교수님은 여자 수백 명과 자본 게 틀림없어요. 그게 어떤 건지 알고 싶었어요." "그래서?" 그러자 아이는 내가 완전히 믿지는 않는 이야기를 했지만 그건 중요한 게 아니었어. 아이는 이미 대담한 행동을 했어—자신이 그럴 수 있다는 것을 이미 알고 있었어. 욕실에 숨어 있는 동안에는 투지를 불태우면서도 겁에 질려 있었을지 모르지만. 아이는 이런 낯선 병치竝置와 마주하면서 자신이 얼마나 용기 있는지 발견했고, 처음에 두려움과 그 어떤 역겨움이 있더라도 그것을 정복할 수 있다는 것을 발견했으며, 나는—그 병치와 관련하여—전체적으로 멋진 시간을 보냈지. 벌렁 드러눕고, 어릿광대짓을 하고, 깡충거리며 뛰노는 미란다. 발까지 속옷을 내리고 포즈를 취하기도 하고. 그냥 보는 즐거움만으로도 달콤했어. 물론 그게 유일한 보답은 아니었지만. 60년대가 성혁명을 완성하는 놀라운 일을 한 뒤로 수십 년. 이 아이들은 깜짝 놀랄 만큼 펠라티오에 능숙한 세대야. 그전에는 이런 부류의 젊은 여자들 가운데 이런 아이들이 있었던 적이 없어.

콘수엘라 카스티요. 나는 그 아이를 보았고, 그 아이의 태도에 아주 강한 인상을 받았어. 그 아이는 자기 몸이 어떤 가치가 있는지 알았지. 자기가 어떤 사람인지 알았어. 내가 살고 있는 문화의 세계에 자신은 절대 어울리지 않는다는 것도 알았어—문화가 그녀를 현혹했지만 함께 살 것은 아니었던 거지. 그래서 그 아이는 파티에 왔고—나타나지 않을지도 모른다고 걱정했어—그곳에서 처음으로 개방적인 태도로 나와 마주했어. 얼마나 냉철하고 조심스러운 아이인지 알 수 없었기 때문에 수업 관련 모임이나 그 아이가 제출한 과제를 검토하기 위해 두 번 내 연구실에서 만났을 때는 특별한 관심을 드러내지 않으려 조심했어. 아이 또한 그런 개인적인 만남에서는 어디까지나 유순하고 예의바른 면만 드러내며 아무리 하찮은 것이라도 내가 하는 말을 다 받아 적었어. 항상 블라우스 위에 맞춤 재킷을 입은 채로 내 연구실을 들고 났고. 처음 나를 보러 왔을 때—우리는 내 책상에 나란히 앉아 지침대로 바깥 복도를 향해 문을 활짝 열어놓고 있었어. 모든 '빅 브러더'*, 그러니까 지나가는 사람이 우리의 팔다리 여덟 개, 우리의 대조를 이루는 두 몸통을 볼 수 있도록 말이야(창도 활짝 열어놓고 있었는데 이것은 아이의 향수가 두려워 내가 열어젖힌 거였어)—처음에 아이는 아랫단을 접은 우아한 회색 플란넬 바지를 입고 있었고 두번째는 검은 저지 스커트에 검은 타이츠 차림이었지만, 수업에서와 마찬가지로 늘 블라우스, 위의 단추 세 개를 푼 크림 색조의 이런저런 실크 블라우스로 희디흰 피부를 가리고 있었어. 그러나 파티에서는 와인 한 잔을 마신 뒤 재킷을 벗었고, 대담하게 재킷을 벗은 차림으로 나에게 환한 표정을 지었고, 감질나게 개방적인 웃음을 보여주었어. 우리는 서재에서 서로 몇 인치 거리를 두고 서 있었는데 나는 아이에게 내가 가진 카프카 원고를 보여주던 참이었지—카프카가 손으로 쓴 이 세 페이지짜리 원고에는 그가 자신이 일하던 보험회사의 소장 퇴임 파티에서 한 연설이 적혀 있었어. 1910년에 쓴 이 원고는 몇 년 전 내 학생이자 애인이었던 서른 살의 부유한 유부녀가 준 선물이었지.

콘수엘라는 흥분해서 온갖 이야기를 늘어놓았어. 카프카의 원

* 조지 오웰의 『1984』에 나오는 감시자.

고를 손에 쥐게 해주자 짜릿한 전율을 느꼈는지 아이는 모든 것이 한꺼번에 떠오르는 것 같았어. 내가 한 학기 내내 은밀히 갈망을 키우는 동안 그 아이가 키워온 질문들이었지. "어떤 음악을 들으세요? 정말로 피아노를 치세요? 하루종일 책을 읽나요? 책꽂이에 있는 시를 다 외우세요?" 질문 하나하나에서 그 아이가 나의 삶, 나의 일관되고 차분한 문화적 삶의 모습에 큰 경이—그 아이의 표현—를 느낀다는 것이 분명하게 드러났어. 내가 아이에게 뭘 하느냐고, 사는 게 어떠냐고 물었더니 아이는 고등학교를 졸업하고 바로 대학에 진학하지 않았다고 대답하더군—개인 비서가 되려고 했었다는 거야. 그거야말로 내가 첫눈에 알아봤던 점이었지. 단정하고 충성심 강한 개인 비서, 권력자나 은행장이나 법률회사 대표가 집무실에 놓아두는 보석. 아이는 진정 지나간 시대에 속해 있었고, 보다 정중했던 시대의 유물이었어. 나는 아이가 자신을 생각하는 방식이, 행동하는 방식과 마찬가지로, 부유한 쿠바 이민자, 혁명을 피해 나온 돈 많은 사람들의 딸이라는 사실과 깊은 관계가 있을 거라고 짐작했어.

아이는 말했어. "하지만 비서 일 하는 게 마음에 들지 않았어요. 이 년쯤 해보니까 지루한 세계더라고요. 게다가 부모님은 늘 제가 대학에 가기를 원하셨고 또 기대하셨어요. 그래서 결국 공부를 하기로 결심했죠. 아마 잠시 반항을 하려고 했던 것 같은데 그건 유치한 짓이었어요. 그래서 여기 등록한 거예요. 저는 예술에 경이를 느껴요." 다시 거리낌없이 신실하게 사용하는 말 '경이'. "그래, 뭘 좋아하는데?" 내가 물었어. "무대요. 모든 종류의 무대요. 저는 오페라도 보러 가요. 아버지가 오페라를 아주 좋아하셔서 함께 메트*에 가요. 푸치니를 제일 좋아하시죠. 아버지하고 함께 가는 건 언제나 정말 좋아요." "부모님을 사랑하는구나." "무척이요." 아이가 말했어. "부모님은 어떤 분이셔?" "어, 쿠바 분들이에요. 자부심이 아주 강하죠. 여기에서도 성공하셨어요. 혁명 때문에 여기 온 쿠바인들은 어떤 특별한 방식으로 세상을 봐서 그런지 다들 크게 성공을 했어요. 우리 가족 같은 첫 세대는 열심히 일했고 또 해야 하는 일은 뭐든 했대요. 할아버지가 우리한테 말씀해주시곤 했는데, 그들은 결국 성공을 거두어 심지어는 처음 왔을 때 가진 게 아무것도 없어서 나라의 지원을 받아야 했던 분들 중 일부는 몇 년이 지나고부터는 미국 정부에 받은 걸 돌려주기 시작했대요. 정부는 그 돈을 어째야 좋을지 몰랐대요, 할아버지 말씀이. 미국 재무부 역사상 줬던 돈을 돌려받은 건 처음이었으니까요." "할아버지도 사랑하는구나. 어떤 분이셔?" 내가 물었어. "아버지하고 같아요—흔들림이 없는 분이

---

* 뉴욕의 메트로폴리탄 오페라하우스.

고, 아주 전통적이고, 구세계적인 관점을 가진 분이죠. 열심히 일하고 늘 교육이 우선이에요. 무엇보다도요. 또 아버지처럼 아주 가정적인 분이에요. 신앙이 아주 깊어요. 성당에 자주 가시지는 않지만. 그건 아버지도 마찬가지예요. 하지만 어머니는 자주 가요. 할머니도. 할머니는 매일 밤 묵주기도를 드려요. 사람들이 할머니한테 묵주를 선물하죠. 그중에서도 아끼시는 게 있어요. 할머니는 묵주를 아주 좋아해요." "너는 성당에 다녀?" "어렸을 때는 다녔죠. 하지만 지금은 안 다녀요. 우리 가족은 융통성이 있어요. 그 세대의 쿠바인은 융통성이 있어야 했거든요, 어느 정도는요. 우리 가족은 우리가, 그러니까 오빠하고 제가 성당에 다니기를 바라지만, 아니, 저는 안 다녀요." "미국에서 자란 쿠바 소녀에게는 전형적인 미국식 가정교육에선 볼 수 없는 속박 같은 게 있나?" "아, 우리집 통금 시간은 훨씬 빨라요. 여름밤에 친구들이 막 모이기 시작할 때 저는 이미 집에 와 있어야 했어요. 열네 살이나 열다섯 살 때는 여름밤에 여덟시에 집에 와야 했어요. 그렇다고 아버지가 무시무시한 사나이라는 건 아니에요. 그냥 평균적인 좋은 사나이라고 할 수 있는 아버지예요. 다만 제 방에 절대 남자아이를 허락하지 않았을 뿐이죠. 절대. 그것만 빼면, 저는 열여섯이 되었을 때는 제 친구들과 똑같아졌어요, 통금이니 뭐니 하는 것들은." "그런데 너희 어머니와 아버지

말이야, 언제 여기 오신 거야?" "1960년에요. 그때는 피델*이 아직 사람들을 보내줬어요. 두 분은 쿠바에서 결혼했죠. 처음에는 멕시코로 갔어요. 그다음에 여기로 온 거죠. 저는 물론 여기에서 태어났고요." "너는 네가 미국인이라고 생각해?" "여기에서 태어났지만, 아니요, 저는 쿠바 사람이에요. 아주 많은 부분이 그래요." "놀랍구나, 콘수엘라. 네 목소리, 네 태도, '통금이니 뭐니 하는 것들'이나 '사나이' 같은 표현을 사용하는 거. 내가 보기에 너는 완전히 미국 사람이야. 그런데 왜 자신을 쿠바 사람이라고 생각하지?" "저는 쿠바 가족 출신이니까요. 그뿐이에요. 그게 다예요. 우리 가족은 그런 아주 특별한 자부심이 있어요. 자기 조국을 무척 사랑하죠. 가슴속에 있는 거예요. 피에 흐르는 거죠. 쿠바에서도 그랬어요." "그분들이 쿠바의 뭘 사랑하는 건데?" "아, 아주 재미있는 곳이었대요. 거기는 온 세상에서 최고를 가진 사람들이 모여 사는 사회였대요. 완전히 국제적이고. 특히 아바나에 산다면요. 그리고 아름다웠고. 또 늘 멋진 파티가 있었고요. 정말 좋은 시절이었대요." "파티? 파티 얘기 좀 해봐." "어머니가 가장무도회에서 찍은 사진이 있어요. 사교계에 데뷔할 때부터요. 어머니가 사교계에 데뷔하던 날 무도회에서 찍은 사

---

* 피델 카스트로를 가리킨다.

진이 있다고요." "어머니 집안은 뭘 했는데?" "아, 그건 이야기가 길어요." "해봐." "어, 외할머니 쪽 집안의 첫 스페인 남자는 장군으로 거기 파견되었어요. 그래서 늘 옛날 스페인 돈이 많았죠. 할머니는 가정교사가 있었고, 열여덟 살에 드레스를 사러 파리에 갔어요. 우리 가족의 양쪽 집안에는 스페인 작위가 있어요. 어떤 건 아주, 아주 오래된 거죠. 가령 우리 할머니는 여자 공작이에요—스페인에서." "그럼 너도 여자 공작이니, 콘수엘라?" "아니요," 아이는 웃음을 지었어. "그냥 운좋은 쿠바 소녀예요." "뭐 여자 공작이라고 해도 통하겠는걸. 프라도* 벽에 너처럼 생긴 여자 공작이 있을 게 틀림없어. 〈시녀들〉이라는 벨라스케스의 유명한 그림 알아? 물론 거기 그려진 어린 공주는 피부가 희고 금발이지만." "잘 모르겠는데요." "마드리드에 있어. 프라도에. 내가 보여주지."

우리는 나선형 철제 층계를 내려가 서고로 갔고 나는 그곳에서 벨라스케스의 복제화를 담은 큰 책을 찾아내 아이와 나란히 앉아 십오 분 동안 책장을 넘겼어. 마음이 흔들리는 그 십오 분 동안 우리 둘 다 뭔가 배웠지—아이는 처음으로 벨라스케스를, 그리고 나는 새삼스럽게 욕정의 즐거운 우둔함을. 이 모든 이야

* 스페인 마드리드에 있는 프라도 미술관.

기! 나는 아이에게 카프카, 벨라스케스를 보여줘…… 왜 이런 짓을 할까? 글쎄, 뭔가는 해야 하니까. 이건 춤의 베일이야. 유혹과 혼동하지 마. 이건 유혹이 아니야. 여기서 감추고 있는 건 거기에 이르게 만든 것, 순수한 욕정이야. 베일은 눈먼 충동을 가려. 그런 이야기를 하다보면, 그 아이가 그러듯, 자기가 지금 다루고 있는 게 뭔지 안다는 잘못된 느낌을 받게 돼. 하지만 이건 변호사와 면담을 하거나 의사를 만나는 것하고는 달라서 무슨 이야기를 늘어놓든 행동 경로는 바뀌지 않아. 그걸 원한다는 걸 알고, 그걸 할 것이라는 걸 알고, 어떤 것도 그 길로 가는 걸 막을 수 없어. 여기에서는 뭔가를 바꿀 이야기는 단 하나도 나오지 않아.

생물학이 사람들에게 저지른 위대한 장난은 다른 사람에 관해 뭔가 알기 전에 친밀해지기부터 한다는 거야. 첫 순간에 모든 걸 이해하는 거지. 처음에는 서로의 거죽에 이끌리지만 동시에 직관적으로 전체를 다 파악해. 서로 끌리는 건 등가일 필요가 없어. 이 아이는 이것에 끌리고 상대는 다른 것에 끌려도 돼. 거죽이고, 호기심이지만, 그러다가, 쾅, 전체가 되는 거야. 아이가 쿠바 출신이라는 것도 좋은 일이고, 아이의 할머니가 이런 사람이고 할아버지가 저런 사람이라는 것도 좋은 일이고, 내가 피아노를 치고 카프카의 원고를 갖고 있다는 것도 좋은 일이지만, 이 모든 건 그저 우리가 갈 곳에 이르는 우회로일 뿐이야. 매혹의 한 부분이라고 보지만, 아예 없는 게 기분이 훨씬 좋을 그런 부분이지. 꼭 필요한 매혹은 섹스뿐이야. 섹스를 제하고도 남자가 여자를 그렇게 매혹적이라고 생각할까? 섹스라는 용건이 없다면 어떤 사람이 어떤 다른 사람을 어떻게 그렇게 매혹적이라고 생각할 수 있을까? 그런 용건 없이 누구에게 그렇게 매혹될까? 불가능하지.

아이는 생각해, 나는 이 사람에게 내가 누구인지 말하고 있다고. 이 사람은 내가 누구인지 관심을 갖고 있다고. 그건 사실이지만, 난 아이와 씹을 하고 싶어서 그애가 어떤 아이인지 호기심을 느끼는 거야. 나한테는 카프카와 벨라스케스에 대한 이런 큰 관심 같은 건 필요하지 않아. 아이와 대화를 나누면서 나는 생각하고 있어, 내가 얼마나 더 계속 이래야 할까? 세 시간? 네 시간? 여덟 시간까지 가야 할까? 베일 씌우기에 들어간 지 이십 분인데 벌써 궁금해하고 있어, 이런 것들이 아이의 젖퉁이와 아이의 피부와 아이의 몸가짐과 도대체 무슨 관계가 있을까? 남녀가 밀고 당기는 방식에 관한 프랑스식 기술에 나는 아무런 관심이 없어. 야만적인 강한 충동에만 관심이 있지. 아니, 이렇게 이야기를 나누는 건 유혹이 아니야. 이건 희극이야. 인위적인 것 없이 욕정으로 만들어내는 연결이 아닌 연결—그런 연결과는 경쟁할 수

조차 없는 연결—을 만들어내는 희극이야. 이건 즉각적인 관습화이고, 즉석에서 우리에게서 공통점을 찾아내주는 것이고, 욕정을 뭔가 사회적으로 적절한 것으로 변형시키려는 거야. 하지만 욕정을 욕정으로 만드는 것은 근본적인 부적절함이야. 아니, 이런 이야기는 그저 경로를 짤 뿐인데, 그 경로란 앞이 아니라 뒤로, 본원적 충동으로 돌아가는 거야. 베일을 씌우는 것을 당면한 일과 혼동하지 마. 물론 다른 일이 전개될 수도 있지만, 그 일이라는 건 커튼과 이불 커버를 사는 것이나 인류 진화를 목적으로 하는 팀에 들어가는 것과는 아무런 관계가 없어. 진화 시스템은 나 없이도 잘 돌아가. 나는 이 아이와 씹을 하고 싶고, 그래, 그래서 어떤 베일 씌우기를 견뎌야 하지만, 그것은 목적을 위한 수단이야. 이 가운데 얼마가 교활한 것일까? 나는 그 모두가 교활하다고 생각하는 쪽이야.

"언제 극장에 한번 같이 갈까?" 내가 아이에게 물었어. "아, 정말 그러고 싶어요." 아이가 말했어. 그때 나는 아이가 혼자인지 아니면 남자친구가 있는지 몰랐지만 개의치 않았고, 이삼일 뒤—이 모두 팔 년 전, 1992년의 일이야—아이가 편지를 보냈어. "파티에 초대받고, 교수님의 멋진 아파트와 멋진 서재를 보고, 제 손에 프란츠 카프카의 친필 원고를 쥐어보다니 굉장했어요. 교수님은 감사하게도 저를 벨라스케스에게로 인도해주셨어요……" 아이는 주소와 함께 전화번호를 적었고, 그래서 나는 전화를 걸어 저녁에 만나자고 했어. "극장에 가는데 함께 갈까? 내가 하는 일이 뭔지 알잖아. 거의 매주 극장에 가야 하는데, 늘 표가 두 장이야. 그런데 혹시 네가 가고 싶어할지 몰라서."

그래서 우리는 중간 지구에서 함께 저녁을 먹고, 연극을 보았어. 연극은 전혀 재미없었지만 나는 아이 옆에 앉아 아이의 아름다운 가슴골과 아름다운 몸을 흘끔거렸어. 이 아이, 이 여자 공작의 젖가슴은 D컵짜리로 정말 크고 아름다웠어. 피부는 아주 흰색, 보는 순간 핥고 싶어지는 피부야. 극장에서, 어둠 속에서, 아이의 고요함이 주는 위력은 엄청났어. 그런 상황에서 흥미진진한 여자에게 어떠한 에로틱한 의도도 없는 것처럼 보이는 것보다 더 에로틱한 게 어디 있겠어?

연극이 끝난 뒤 내가 한잔하러 가자고 말했는데, 한 가지 불편한 점이 있었어. "텔레비전 때문에 사람들이 나를 알아봐서 어디를 가든, 앨곤퀸이든 칼라일이든 어디든, 우리의 사생활이 침해당할 수도 있어." 그러자 아이가 말했어. "사람들이 우릴 알아보는 걸 벌써 눈치채고 있었어요, 식당이랑 극장에서." "성가셔?" 내가 물었어. "성가신지 아닌지 잘 모르겠어요. 그냥 눈치챘을 뿐이에요. 선생님이 성가시지 않을까 생각했어요." "그건 어쩔 도리가 없어." 내가 말했어. "그 일을 하다보면 이렇게 돼." "제가 유명인을 졸졸 따라다니는 팬이라고 생각했을 것 같아요." "너는 절대 그런 게 아니야." 내가 힘주어 말했어. "하지만 틀림없이 그렇게들 생각할 거예요. '데이비드 케페시가 어린 팬을 달고 다니는구나.' 사람들은 제가 유명인에게 홀딱 빠진 멍청한 여자애라고 생각하고 있어요." "그래서, 진짜로 그렇게 생각하는 거라면?" 내가 물었어. "그건 그렇게 마음에 드는 일일 것 같지 않은데요. 저는 부모님이 당신들 딸을 〈포스트〉의 '페이지 식스'* 에서 발견하는 일 없이 대학을 졸업하고 싶어요." "네가 '페이지 식스'에 실릴 것 같지는 않은데. 그런 일은 없을 거야." "정말 그러지 않기를 바라요." 아이가 말했어. "이봐, 만일 그것 때문에 마음이 개운치 않으면 내가 사는 곳에 가는 걸로 그 문제를 피해갈 수 있어. 내 아파트에 가면 되지. 거기서 한잔하면 되고." "좋아요." 아이가 말했지만, 그것은 진지하게, 생각에 잠겨 잠시 조용히 시간을 보낸 뒤에 나온 대답이었어. "그게 나은 생각일 것 같네요." 좋은 생각이라 하지 않고 그냥 나은 생각이라고만 하더군.

우리는 내 아파트로 갔고 아이는 음악을 틀어달라고 했어. 나는 그 아이를 위해 대체로 듣기 쉬운 고전음악을 틀었어. 하이

* 〈뉴욕 포스트〉의 선정적인 사진 기사를 싣는 지면을 가리킨다.

든 삼중주, 〈음악의 헌정〉, 베토벤 교향곡의 역동적인 악장들, 브람스의 아다지오 악장들. 아이는 베토벤 7번 교향곡을 특히 좋아했는데, 이후 저녁이면 가끔 억제할 수 없는 강한 충동을 이기지 못하고 벌떡 일어서서 번스타인이 아니라 자기가 지휘자인 것처럼 장난스레 허공에 두 팔을 휘젓곤 했어. 아이가 마치 연기를 하는 어린아이처럼 눈에 보이지 않는 지휘봉으로 오케스트라를 이끄는 흉내를 내는 동안 블라우스 밑에서 두 젖가슴이 자리를 옮기는 것을 지켜보는 것만큼 강한 자극은 없었어. 어쩌면 거기엔 어린아이 같은 면은 전혀 없고, 지휘 흉내를 내서 나를 흥분시키는 게 목적이었는지도 몰라. 얼마 지나지 않아, 상황을 주도하는 것이 나이든 선생이라고 어린 학생처럼 계속 믿으려 해도 그것이 사실과 일치하지 않는다는 것을 깨달았을 테니까. 섹스에는 절대적 평형의 지점이 없으니까. 성적 평등이란 없고, 성적 평등, 할당이 똑같아서 남성과 여성의 몫이 완벽한 균형을 이루는 그런 평등은 당연히 있을 수도 없으니까. 이 제멋대로인 것을 계량적으로 처리할 방법은 없어. 상거래처럼 오십 대 오십이 되는 게 아니야. 우리가 이야기하는 것은 에로스의 혼돈이고, 그 자극이 되는 근본적 불안정성이야. 너는 섹스와 함께 숲으로 돌아가는 거야. 수렁으로 돌아가는 거라고. 본질은 지배를 거래하는 것, 영원한 불균형이야. 지배를 배제하겠다고? 굴복을 배제하겠다고? 지배하는 것이 부싯돌이야. 그게 불꽃이 일게 하고, 움직이게 하는 힘이야. 그다음엔 뭐냐고? 잘 들어봐. 두고봐. 지배하는 것이 어떤 결과를 낳는지 보게 될 테니까. 굴복하는 것이 어떤 결과를 낳는지 보게 될 테니까.

나는 그날 밤 그랬던 것처럼, 가끔 아이를 위해 드보르자크의 현악오중주를 틀었어—감전시키는 듯한 음악이야, 금방 귀에 감기고 이해하기도 쉽지. 아이는 내가 피아노를 치는 것을 좋아했어. 피아노를 치면 아이가 좋아하는 로맨틱하고 고혹적인 분위기가 형성되었기 때문에 나는 그렇게 했지. 쇼팽의 프렐류드 가운데 비교적 단순한 것들, 슈베르트는 〈악흥의 순간〉 몇 곡. 소나타의 몇 악장. 너무 어려운 것 말고, 연습을 해서 아주 못 치지는 않는 곡들이었어. 보통은 나 자신만을 위해 연주해. 이건 실력이 나아진 지금도 마찬가지지만 그때는 아이를 위해 연주하는 게 즐거웠어. 그 또한 도취의 일부였어—우리 둘 다에게. 음악을 연주하는 건 아주 웃겨. 어떤 것들은 지금은 쉽게 되지만, 대부분의 곡은 여전히 내게 힘든 부분이 있는데, 나 혼자 연주하고 가르쳐주는 사람도 없던 오랜 기간 동안 굳이 그런 악구들을 어떻게 해보려 하질 않았어. 그 시절엔 어떤 문제와 마주치면 괴상한 해법을 궁리해냈어. 아니면 해법을 찾지 않거나—어떤 유형의 도약 같은 것, 건반의 한 부분에서 다른 부분으로 아주 복잡하게 움직이는 것, 그런 걸 하다보면 손가락이 부러지는 것 같았어. 콘수엘라를 알았을 때에는 아직 가르쳐주는 사람이 없을 때라 기술적인 문제들에 대한 해법으로 내가 고안해낸 그 즉흥적이고 멍청한 짓들을 하고 있었지. 어렸을 때 몇 번 레슨을 받은 적은 있지만, 오 년 전 선생을 구하기 전에는 주로 독학을 했거든. 훈련은 거의 하지 않았어. 만일 진지하게 레슨을 받았다면 지금처럼 연습에 시간을 많이 쓰지는 않았을 텐데. 나는 일찍 일어나 동이 틀 때 두 시간, 가능하면 두 시간 반 연습을 하는데 이게 대략 내가 할 수 있는 최대한이야. 물론 가끔 뭔가 해보려고 노력하는 날은 나중에 한번 더 연습을 하기도 해. 나는 건강하지만 그래도 조금 지나면 지쳐. 정신적으로도 육체적으로도. 독보讀譜한 악보는 엄청나게 많아. 독보란 건 전문적 용어야—책을 보듯 악보를 본다는 뜻이 아니고 피아노를 보듯이 본다는 뜻이지. 나는 악보를 많이 샀고, 모든 게 다 있었어, 피아노 책은. 그래서 그걸 읽곤 했고, 또 치곤 했어, 엉터리지만. 어떤 악구는 뭐 그렇게 엉터리는 아니었을지도 몰라. 어쨌든 어떻게 흘러가는지 뭐 그런 걸 보려는 거였어. 연주라는 면에서는 훌륭하지 못했지만, 그래도 좀 즐거웠어. 사실 즐거움이 우리의 주제잖아. 자신의 수수하고 사적인 즐거움에 대해 어떻게 평생 진지한 태도를 유지할 것인가.

레슨은 마침내 콘수엘라를 극복한 것에 대해 내 예순다섯 살 생일에 나 자신에게 준 선물이었어. 그러자 많은 진전이 있었지. 이제 아주 어려운 곡도 좀 쳐. 브람스의 인터메조. 슈만. 쇼팽의 어려운 프렐류드. 아주 까다로운 곡도 조금씩 파고들어보는데, 아직 잘 치지는 못하지만 그래도 노력은 해. 내가 약이 올라 선생한테 "제대로 칠 수가 없네요. 이 문제는 어떻게 푸는 겁니까?" 하고 물으면 그 여자는 "천 번 쳐보세요" 하고 대답해. 즐길 만한 게 다 그렇듯, 알다시피 여기에도 즐길 수 없는 부분이 있어. 하지만 음악과 나의 관계는 깊어졌고 이제 그건 내 삶에서 핵심이 되었어. 이제는 이렇게 하는 게 현명해. 내게 앞으로 언제까지 여자들이 있겠어?

나는 콘수엘라가 장난으로 베토벤을 지휘하는 것을 보고 흥분했지만 내가 음악을 연주하는 걸로 그애가 나에게 그처럼 흥분했다고는 말할 수 없어. 내가 뭘 했든 그것 때문에 콘수엘라가 나에게 성적으로 흥분했다고도 말할 수 없어. 대체로 그 점 때문에 팔 년 전 우리가 처음 함께 잤을 때부터 나는 한순간도 평화를 누려본 적이 없고, 그 아이가 깨달았든 못 깨달았든 그때부터 한없이 약해져 늘 걱정에 사로잡혀 있었고, 또 그 답이 그 아이를 더 보는 것인지 덜 보는 것인지 아예 보지 않는 것인지, 그러니까 그 아이를 포기하는 것인지—예순두 살에 자발적으로 스물네 살짜리 찬란한 여자아이를 단념하는, 생각도 할 수 없는 짓을 하는 것인지 종잡을 수가 없었어. 그 아이가 수도 없이 나에게 "선생님을 숭배해요" 하는 말은 했지만, 단 한 번도, 농담으로라도 그애 입에서 "선생님에게 욕망을 느껴요, 선생님을 너무 원해요—선생님의 좆 없이는 살 수가 없어요" 하는 소곤거림이 나올 수는 없었다는 이유로 말이야.

그렇게 말하는 것은 콘수엘라답지 않았어. 하지만 그 점 때문에 나는 늘 다른 사람에게 그애를 잃을 것이라는 두려움에 시달렸고, 언제나 그애가 마음에서 떠나지 않았고, 함께 있든 떨어져 있든 한 번도 그애에 대한 확신을 가질 수가 없었어. 그 강박적 측면은 끔찍했지. 현혹되어 있을 때는 생각을 너무 많이 하지 않고 그냥 마음 편히 그 현혹을 즐기는 게 도움이 돼. 하지만 나에게는 그런 즐거움이 없었어. 나는 오로지 생각만 했어—생각하고, 걱정하고, 그래, 괴로워했어. 네 쾌락에 집중해라, 나는 그렇게 자신을 타일렀어. 쾌락이 아니라면 왜 내가 지금처럼 사는 쪽, 나의 독립을 가능한 한 속박하지 않는 쪽을 택하겠어? 나는 한 번 결혼했어. 이십대에 아주 많은 사람들이 하는 형편없는 첫 결혼, 신병훈련소만큼이나 형편없는 첫 결혼을 했지만, 그뒤로는 형편없는 두번째 결혼, 또는 세번째, 네번째 결혼을 하지 않겠다고 단단히 결심했지. 그뒤로는, 두 번 다시 우리 안에서 살지 않겠다고 단단히 결심했어.

그 첫날밤 우리는 소파에 앉아 드보르자크를 듣고 있었어. 그러다 어느 순간 콘수엘라는 흥미가 당기는 책을 찾아냈어—그 순간은 결코 잊지 않겠지만 그게 어느 책이었는지는 잊었어. 그 애는 몸을 빙그르 돌리더니—나는 지금 네가 앉은 곳, 소파 끝에 앉아 있었고 그애는 저기 앉아 있었어—몸통을 반쯤 틀어 책을 소파 팔걸이에 올려놓고 읽기 시작했는데, 그렇게 기울인 자세, 앞으로 숙인 자세 때문에 옷 밑으로 아이의 두 엉덩짝이, 그 형태가 선명하게 보였어. 그것은 한 대 두들겨맞은 듯 강렬한 충격을 주는 초대였어. 콘수엘라는 키가 큰 젊은 여자로 자기 몸을 좀 비좁게 여기는 듯해. 딱 맞는 옷을 입고 있지 않은 느낌이지. 너무 뚱뚱해서가 아니야. 하지만 거식증 유형은 더더욱 아니지. 여성적인 살이 분명히 보이는데, 그건 좋은 살이야. 풍성하지—그래서 그게 보이는 거 아니겠어. 그렇게 그 아이는 거기에, 소파에 대놓고 엎드린 것은 아니지만, 그럼에도, 엉덩짝을 반쯤 내게 돌린 자세로 거기 있었어. 콘수엘라처럼 자기 몸을 의식하는 여자, 그런 여자가 그러는 것은 시작하라고 하는 초대다, 나는 그렇게 결론을 내렸어. 성적 본능은 여전히 말짱하구나—쿠바인의 방정함이 전혀 개입하지 않았구나. 반쯤 돌린 엉덩이에서 그 어떤 것도 이 순수한 것을 방해하지 못했다는 게 보여. 우리가 이야기한 모든 것, 내가 귀를 기울여야만 했던 아이 가족에 대한 모든 것, 그 가운데 어떤 것도 개입하지 않은 거야. 아이는 그 모든 것에도 불구하고 엉덩이를 어떻게 돌릴지 알아. 원초적인 방식으로 돌려. 과시하듯이. 그 과시는 완벽해. 만지고 싶은 마음을 더는 억누를 필요가 없다고 내게 말하고 있어.

나는 아이의 두 엉덩짝을 애무하기 시작했고, 아이는 그걸 좋아했어. 아이가 말했어. "이상한 상황이네요. 저는 절대 선생님 여자친구가 될 수 없어요. 생각할 수 있는 모든 이유로요. 선생님은 다른 세계에 살고 계셔요." "달라?" 나는 웃음을 터뜨렸어. "어떻게 달라?" 물론 바로 그 자리에서 거짓말을 시작하게 되지. 이렇게 말하는 거야. "아, 거긴 그렇게 높은 곳이 아니야, 네가 그런 데를 상상하고 있는 거라면 말이야. 거긴 그렇게 화려한 세계가 아니야. 심지어 어떤 세계도 아니야. 나는 일주일에 한 번 텔레비전에 나가. 일주일에 한 번 라디오에 나가. 몇 주에 한 번 기껏해야 스무 명이나 읽을 잡지의 뒤쪽에 활자로 등장해. 내 프로그램? 일요일 아침에 하는 문화 프로그램이야. 아무도 안 봐. 걱정할 만큼 대단한 세계가 아니야. 아주 쉽게 너를 그 세계로 데려갈 수 있어. 내 곁에 있어줘."

아이는 내가 한 말을 생각해보는 표정이지만 그게 대체 무슨 생각일 수 있겠어? "좋아요." 아이는 말해. "당장은. 오늘밤은. 하지만 저는 절대 선생님 아내가 될 수 없어요." "동의." 나는 그렇게 대꾸하면서 속으로 생각했어, 누가 이 아이한테 내 아내가 되어달라고 하는 거지? 누가 그런 문제를 제기했지? 나는 예순둘이고 아이는 스물넷이야. 나는 그저 아이의 엉덩이를 만질 뿐인데, 아이는 내 아내가 될 수 없다고 말하는 건가? 나는 그런 여자애가 아직도 존재하는지 몰랐어. 아이는 내가 상상했던 것보다도 훨씬 전통적이었어. 아니면 내가 상상했던 것보다 더 괴짜고, 특이했던 건지도. 앞으로 알게 되지만, 콘수엘라는 평범하면서도 예측할 수가 없었어. 아이의 행동에 기계적인 것은 전혀 없었지. 구체적이면서도 신비했고, 묘하게도 놀랄 만한 작은 것들이 가득했어. 특히 초기에는 판독하기가 어려워서 잘못 짚고—어쩌면 아닐 수도 있지만—그게 아이가 쿠바인이기 때문이라고 생각했지. "저는 저의 아늑한 쿠바인의 세계를 사랑해요." 아이는 나한테 말했어. "우리 가족의 아늑함을 사랑하지만, 더 생각해볼 필요도 없이 그게 선생님이 좋아하거나 원하는 건 아니라고 말씀드릴 수 있어요. 따라서 저는 정말이지 절대 선생님한테 속할 수는 없어요."

이런 순진하고 착한 면이 아이의 경이로운 몸과 결합되니 너무도 매혹적이라 그때부터, 그 첫날밤부터, 이 아이도 또 한 명의 깡충거리는 미란다거니 생각하고 씹을 할 수 있을지 자신이 없었어. 아니, 콘수엘라는 시계 속의 염소가 아니었어. 아이가 하는 말은 중요하지 않았어—아이는 기가 막힐 정도로 매력적이어서 나는 도저히 저항할 수 없었을 뿐 아니라 다른 어떤 남자도 그럴 수 없다는 생각이 들었는데, 바로 그 순간, 아이가 내 아내가 될 수 없다고 설명하는 동안 아이의 엉덩짝을 애무할 때, 나의 무시무시한 질투가 태어났던 거야.

질투. 불확실성. 아이의 몸 위에 올라가 있으면서도 아이를 잃을지 모른다는 두려움. 숱하게 다양한 경험을 하면서도 한 번도 알지 못했던 강박. 콘수엘라와 함께 있을 땐 다른 누구와 있을 때와도 다르게, 자신감이 곧바로 쭉 빨려나가고 말았어.

그렇게 우리는 침대로 갔어. 진행이 빨랐는데 내가 도취해 있었기 때문이라기보다는 아이에게 복잡함이 없었기 때문이야. 아니면 명료했다고 해야 할까. 이 시대에 새로 생겨난 성숙함이라고 해야 할까. 뭐, 단순한 종류의 성숙함이기는 하지만. 아이는 정확히 자신이 원하는 방식으로 자기 몸과 교류하면서도 예술과는 교류하지 못했던 거야. 아이는 옷을 벗었는데 블라우스뿐 아니라 속옷도 실크 제품이었어. 거의 포르노그래피에 나올 만한 속옷을 입고 있었지. 놀라웠어. 누가 봐도 아이가 기쁨을 주려고 이 속옷을 골랐다는 걸 알 수 있었거든. 절대 남자가 볼 일이 없음에도 불구하고 마음속에서 남자의 눈으로 골랐다는 걸 알 수 있어. 물론 아이가 어떤 사람인지, 얼마나 영리한지 아니면 얼마나 어리석은지, 얼마나 얄팍한지 아니면 얼마나 심오한지, 얼마나 순진한지 아니면 얼마나 교활한지, 얼마나 영악한지, 얼마나 지혜로운지, 심지어 얼마나 사악한지는 전혀 알지 못한다는 걸 알아. 그런 성적 위력을 지닌 자족적인 여자의 경우에는 그런 건 전혀 모르고 앞으로도 절대 알 수 없어. 아이의 성격은 엉킨 채 아름다움에 가려져 있어. 그럼에도 나는 그 속옷을 보고 마음이 크게 흔들렸어. 그 몸을 보고 마음이 흔들렸어. "이거 대단한데." 나는 말했어.

콘수엘라의 몸에는 눈에 확 띄는 두 가지가 있어. 우선 젖가슴. 내가 본 가장 찬란한 젖가슴—잊지 마, 나는 1930년에 태어났어. 난 지금까지 아주 많은 젖가슴을 봤어. 그런데 이 젖가슴은 둥글고, 풍만하고, 완벽했어. 받침접시 같은 젖꼭지가 달린 쪽이었지. 소의 젖통 같은 젖꼭지가 아니라 너무나도 자극적인, 장밋빛을 띤 연한 갈색의 큼지막한 젖꼭지. 두번째는 음모에 윤기가 반지르르 흐른다는 것이었어. 보통은 곱슬곱슬하잖아. 그런데 이건 아시아인의 털 같았어. 윤기가 흐르고, 납작하게 누웠고, 너무 무성하지도 않았어. 음모는 중요해. 그건 다시 나니까.

그래, 나는 이불을 걷어올렸고 아이는, 분류상으로 우리 포유류 종의 가임 암컷인 콘수엘라 카스티요는 내 침대로 들어왔어. 그때 이미, 처음임에도, 겨우 스물네 살이었음에도, 아이는 기꺼이 내 위에 올라앉았어. 하지만 일단 거기 자리를 잡은 뒤에는 어떻게 할지 잘 몰라, 내가 아이의 팔을 두드려 시선을 끈 다음 속도를 늦추게 하기 전까지 무턱대고 지나치게 힘을 쓰거나 눈을 감은 채 좌충우돌하면서 자신이 만들어낸 아이 놀이에 빠져들었지. 지휘를 흉내낼 때와 약간 비슷했어. 아마 자신을 잊고 완전히 몰입하려는 것 같았는데 그러기에는 너무 어렸고, 열심히 노력했지만 그런 몰입은 이루지 못했어. 그럼에도 자신의 젖가슴이 얼마나 매혹적인지 알았고 또 내가 그것을 가장 예쁜 모습으로 볼 수 있기를 바라서, 내가 요청하면 내 위로 올라갔지. 그러다 처음으로 약간 포르노그래피 같은 행동을 했는데, 이 또한 놀랍게도 아이가 먼저 주도한 거였어—자기 젖가슴으로 내 자지를 문지른 거야. 몸을 기울여 두 젖가슴 사이에 내 자지를 끼우고, 두 손으로 자기 젖가슴을 누른 채 그 사이에 자리한 내 자지를 보게 해줬어. 아이는 그런 광경이, 한 사람의 피부가 다른 사람의 피부에 닿아 있는 모습이 나를 얼마나 자극할지 알았어. 내가 "세상에서 너만큼 가슴이 아름다운 사람을 본 적이 없다는 걸 알고 있어?" 하고 말한 기억이 나. 그러자 아이는 메모를 하는 능률적이고 철저한 개인 비서처럼, 아니 어쩌면 좋은 가정에서 잘 자란 쿠바인의 딸처럼 대답했어. "네, 알고 있어요. 선생님이 제 가슴에 어떻게 반응하는지가 보여요."

그러나 대부분의 경우, 처음에는, 사랑을 나누는 게 지나치게 기운찼어. 아이는 자기 선생에게 강한 인상을 주려고 너무 열심히 노력하고 있었어. 천천히, 나와 함께 움직여, 나는 그렇게 말했어. 힘은 덜 쓰고, 상황 파악은 더 하면서. 보통은 그보다는 섬세하게 상황을 제어하지. 투박한 자연스러움이야 얼마든지 좋게 말할 수 있는 거지만, 그렇게 멀리 나아갔을 때는 그러기 어려워. 처음 나를 빨아주었을 때 아이는 빠른 속도로 가차없이 쿵쾅쿵쾅 머리를 움직이곤 했어—원하는 것보다 훨씬 빨리 싸지 않는 게 불가능했지만, 내가 싸기 시작하는 순간 아이는 갑자기 동작을 멈추고 열린 배수구처럼 그것을 받아들였어. 차라리 휴지통에 대고 싸고 말지. 그때 움직임을 멈추지 말라고 아무도 아이한테 말해준 적이 없었던 거야. 이전 남자친구 다섯 명 가운데 누구도 감히 아이한테 그런 말을 하지 못했던 거야. 그 아이들은 너무 어렸어. 다 아이 또래였지. 그저 자신이 지금 얻는 걸 얻고 있다는 게 기뻤을 뿐인 거야.

그러다 어떤 일이 일어났어. 물어뜯기. 마주 물어뜯기. 생명이 마주 물어뜯는 것. 어느 날 밤 콘수엘라는 안락하고 예의바르고 습관적인 효율의 한계를 넘어 움직였고, 교범을 넘어 미지의 모험으로 진입했고, 그때부터 내게 이 연애의 교란이 시작되었어. 그 시말은 이래. 어느 날 밤 아이가 침대에서 내 밑에 몸을 쭉 뻗고 있을 때, 수동적으로 반듯이 누워 내가 제 다리를 벌리고 미끄러져들어오기를 기다리고 있을 때, 나는 그러지 않고 아이의 머리 뒤에 베개를 두 개 받치고, 그렇게 머리를 지탱하고, 그런 각도로 침대 머리판에 머리를 기대게 하고, 내 두 무릎을 아이의 양옆에 박고 엉덩이를 아이 몸 위 한가운데로 치켜든 다음, 아이 얼굴로 몸을 기울이고 리듬을 타면서, 늦추지 않고, 아이 입에 좆질을 했어. 알겠지만 나는 기계적으로 빨아주는 게 너무 지루해서 아이에게 충격을 주려고 아이를 거기에 고정시키고, 아이의 머리카락을 잡아, 한 손으로 머리카락을 비틀어 끈처럼, 띠처럼, 재갈에 달린 고삐처럼 주먹으로 말아 쥐고 움직이지 못하게 한 거야.

자, 머리를 잡아당기는 걸 좋아하는 여자는 사실 없어. 물론 많은 여자를 흥분시키기는 하지만 그렇다고 여자들이 그걸 좋아하는 건 아니야. 여자들이 그걸 싫어하는 건 지금 벌어지고 있는, 계속 벌어질 수밖에 없는 그 지배의 행위를 비껴갈 방법이 없기 때문이야. 그것 때문에 여자들은, 섹스가 딱 이럴 줄 알았어, 하고 생각하게 돼. 섹스는 정말 야만적이야—이 남자는 야만인이 아니지만 야만적인 행동을 즐겨. 내가 싸고 나서 물러나자 콘수엘라는 단지 혐오감만 느끼는 게 아니라 아주 모진 표정이었어. 그래, 아이에게 마침내 뭔가가 일어나고 있었던 거야. 이제 아이는 그렇게 편치 않아. 아이는 이제 음계를 연습하는 수준을 넘어서고 있어. 안에서 걷잡을 수 없이 뭔가가 움직이고 있어. 나는 여전히 아이 몸 위쪽에 있었어—아이 위에서 무릎을 꿇은 자세로 아이 몸에 물을 뚝뚝 흘리고 있었지—우리가 차가운 눈으로 서로 마주보고 있을 때, 아이는 입에 있던 걸 꿀꺽 삼키더니 덥석 물었어. 갑자기. 잔혹하게. 나를 노리고. 그것은 시늉이 아니었어. 본능이었어. 씹는 데 사용하는 근육의 힘을 모두 동원해 힘차게 아래턱을 들어올리며 덥석 물었지. 마치, 이게 내가 할 수 있었던 거야, 내가 하고 싶었던 거야, 하지만 하지 않은 거야, 하고 말하는 것 같았어.

침착하고 고전적인 미녀에게서 마침내 나타난 솔직하고 날카롭고 원초적인 반응. 그때까지는 그게 나르시시즘에 의해, 노출증에 의해 모두 억제되어, 기운찬 과시에도 불구하고, 대담성에도 불구하고, 묘하게 비활성 상태라는 느낌이었지. 그 물어뜯기를, 스스로에 대한 감시에서 풀려나 불길한 꿈으로 들어가도록 활성화해준 그 물어뜯기를 콘수엘라가 기억하는지 모르겠지만,

나는 절대 잊지 않을 거야. 사랑의 충만한 진실. 본능에 사로잡힌 여자아이가 자기 허영심의 제한된 공간과 더불어 아늑한 쿠바 가정이라는 포로 상태까지 박차고 나오는 것. 그것이 아이의 지배의 진정한 시작이었지—나의 지배를 계기로 시작된 지배였어. 아이가 나를 지배하도록 만든 사람은 바로 나였던 거지.

보다시피, 콘수엘라는 나를 통해 자기 가족의 세련미, 아이에게는 대체로 신화로 존재하던 그 회복할 수 없는 귀족적 과거를 변형된 형태로나마 손에 넣을 수 있을 거라고 느꼈던 것 같아. 세상을 아는 남자. 문화적 권위. 자신의 선생. 자, 대부분의 사람들이 엄청난 나이 차에 경악하는데, 콘수엘라는 바로 그 점에 끌린 거야. 사람들 눈에는 그저 야릇한 에로티시즘으로만 보여. 또 그것을 혐오스러운 것, 혐오스러운 소극으로 받아들이지. 그러나 내가 도달한 나이는 콘수엘라에게 커다란 의미가 있어. 노신사와 사귀는 여자아이들은 나이에도 불구하고 그러는 게 아니야—나이에 끌리는 것이고, 나이 때문에 그러는 거야. 왜냐고? 콘수엘라의 경우 그건 엄청난 나이 차 때문에 자신이 굴복하는 것을 스스로 허용할 수 있어서인 듯해. 내 나이와 내 지위가 아이에게, 합리적으로, 항복해도 좋다는 허가장을 주고, 그러면 침대에서 항복하는 게 불쾌한 감각이 아닌 거야. 동시에, 나이가 훨씬, 훨씬 많은 남자한테 친밀한 방식으로 자신을 내어줌으로써 이런 젊은 여자는 젊은 남자와 성적인 수작을 할 때는 얻을 수 없는 권위를 갖게 돼. 굴복의 쾌락과 더불어 정복의 쾌락을 누리는 거지. 여자의 권력에 굴복하는 남자아이, 그렇지 않아도 매력이 넘치는 존재에게 그게 무슨 의미가 있겠어? 하지만 세상을 아는 이런 남자가 오로지 자신의 젊음과 아름다움의 힘 때문에 굴복한다면? 완전한 관심을 얻고, 다른 어떤 영역에서도 접근할 수 없는 남자에게 절실한 열정의 대상이 되고, 다른 방식으로는 자신에게 열리지 않을 숭배하는 삶에 진입한다면—그것은 권력이야. 그것이야말로 아이가 원하는 권력이지. 그렇다고 지배가 순서에 따라 왔다갔다하는 건 아니야. 늘 교환되고 있는 거지. 아니, 교환된다기보다는 서로 꼬아지고 있는 거야. 거기에 아이에 대한 내 강박만이 아니라 나에 대한 아이의 역逆강박의 원천이 있어. 어쨌든 당시에 나는 그렇게 파악했어. 아이가 하려고 하는 것과 내가 점점 더 깊이 빠져드는 이유를 이해하고자 할 때 그게 나에게 큰 도움이 되었기 때문에.

아무리 많이 알고, 아무리 많이 생각하고, 아무리 음모를 꾸미고 공모하고 계획을 세운다 해도 그게 섹스를 능가할 수는 없어. 섹스는 아주 위험한 게임이야. 씹을 하려고 나대지만 않는다면 남자는 지금 가진 문제의 삼분의 이는 덜어버릴 수 있을 거야. 정상적으로 질서가 잡힌 우리의 삶을 무질서하게 흔들어놓는 것이 섹스야. 나는 이 점을 누구 못지않게 잘 알고 있어. 마지막 남은 허영심까지 모두 다시 돌아와 자신을 조롱하게 된다는 걸. 바이런의 「돈 후안」을 읽어봐. 하지만 이제 나이가 예순둘이 되어 앞으로는 두 번 다시 이렇게 완벽한 것이 내 차지가 되지 못할 거라고 생각한다면 어떨까? 이제 나이가 예순둘이 되어 무엇이든 아직 가질 수 있는 걸 갖고자 하는 충동이 그 어느 때보다 강하다면 어떨까? 이제 나이가 예순둘이 되어 지금까지는 눈에 보이지 않았던 그 모든 신체 부위(신장, 허파, 정맥, 동맥, 뇌, 내장, 전립선, 심장)가 자신을 마구 드러내며 괴롭히는 반면, 평생 두드러졌던 기관은 하찮은 것으로 오그라들 운명에 처했다면 어떨까?

내 말을 오해하지 마. 콘수엘라를 통해 자신을 속이고 마지막으로 한번 젊은 척해볼 수 있다는 생각을 한다는 게 아니야. 오히려 이때만큼 젊음과 차이가 난다는 것을 느낀 때가 없어. 아이의 에너지에서, 아이의 의욕에서, 아이가 젊어서 모르는 것에서, 아이가 젊어서 아는 것에서, 매 순간 그 차이가 극적으로 드러나. 자신이 아니라 아이가 스물네 살이라는 사실은 절대 착각할 수가 없어. 바보가 아니고서야 다시 젊어진 게 아니라는 걸 느끼지 않을 수가 없어. 젊다고 느낀다 해도 그건 잠깐 반짝하는 것일 뿐이야. 젊다고 느끼기는커녕 자신의 유한한 미래와 대비되는 아이의 무한한 미래에서 아릿함을 느끼고, 사라진 모든 우아함에 대해 아릿함을 평소보다 훨씬 더 느껴. 스무 살짜리 한 무리와 야구를 하는 것과 같아. 그들과 함께 야구를 한다고 해서 스무 살이라는 느낌이 드는 건 아니잖아. 외려 시합을 하는 매 순간 차이에 주목하게 돼. 하지만 적어도 사이드라인에 나와 앉아 있는 건 아니지.

다시 말해서 이렇게 되는 거야. 고통스럽기 짝이 없을 정도로 자신이 늙었다는 걸 느껴, 하지만 새로운 방식으로.

노년을 상상할 수 있어? 물론 못하겠지. 나는 하지 않았어. 할 수 없었어. 그게 어떤 건지 전혀 몰랐어. 잘못된 이미지조차 없었어—아무런 이미지가 없었어. 사실 누구도 다른 것을 원하지 않아. 어쩔 수 없기 전까지는 아무도 이 가운데 어떤 것과도 직면하고 싶어하지 않아. 이 모든 게 나중에 어떻게 될까? 여기서는 둔감함이 관례야.

이해할 만한 일이지만, 인생의 어떤 단계에서든 현재 자신의 단계보다 나아간 단계는 전혀 상상할 수가 없어. 어떨 때는 한 단계를 반쯤 지나서야 자신이 그 단계에 들어왔다는 것을 깨닫기도 해. 그렇지만 발달의 초기 단계들에는 다 그 나름의 좋은 점이 있어. 그렇다 해도 많은 사람들이 중간 단계들에서는 기가 꺾이지. 하지만 끝은? 흥미롭게도 끝은 인생에서 처음으로 인생 안에 있으면서도 완전히 인생 밖에 나와 서 있는 때야. 내내 자신의 쇠퇴를 관찰하면서도 (나처럼 운이 좋은 경우라면) 지속적인 활력 덕분에 쇠퇴와 상당히 거리를 두게 돼—심지어 의기양양하게 자기는 쇠퇴와 아무런 관계가 없다고 느끼기도 하고. 그래, 불가피하게도, 불쾌한 결말에 이르렀다는 표시들이 늘어나는데도, 그럼에도 그 밖에 서 있는 거야. 그런 객관성이란 지독하게 잔인한 거지.

죽어가는 것과 죽음은 구별해야 해. 아무런 중단 없이 계속 죽어가기만 하는 게 아니야. 건강하고 몸이 좋다고 느끼면 보이지 않게 죽어가고 있는 거야. 확실한 종말이 반드시 대담하게 선언되는 건 아니야. 아니, 너는 이해 못해. 늙지 않았을 때 노인에 관해 이해하는 유일한 것은 그 사람들한테 그들의 시간이라는 낙인이 찍혀 있다는 것뿐이야. 그러나 그것만 이해한다면 그 사람들을 그들의 시간 속에 얼어붙게 만들게 되고, 그건 아무것도 이해하지 못하는 거나 마찬가지야. 아직 늙지 않은 사람들에게 늙는다는 것은 과거에 존재했다는 뜻이야. 하지만, 거기에 덧붙여서, 늙는다는 것은 과거에 존재했음에도 불구하고, 그것을 넘어서 지금도 여전히 존재한다는 뜻이기도 해. 과거에 존재한 것이 생생하게 살아 있어. 너는 여전히 존재하고, 이미 존재했다는 것, 지나갔다는 것에 시달리는 만큼이나 네가 여전히 존재한다는 것, 그것이 너를 꽉 채우고 있다는 것에 시달려. 노년이란 걸 이런 식으로 생각해봐. 생명이 위기에 처하는 것이 그냥 일상적인 상황이 되어버리는 거라고 말이야. 곧 마주치게 될 것을 뻔히 알면서도 그걸 피할 도리가 없어. 영원히 자신을 둘러싸게 될 정적을. 그것만 빼면 모두 똑같아. 그것만 빼면 살아 있는 한 불멸이야.

얼마 전까지만 해도 젊음을 누리는 방법이 주어져 있었듯 늙어가는 방법이 주어져 있었어. 하지만 지금은 그 둘 다 통용되지 않아. 그 부분에서 허용 가능한 것을 두고 큰 싸움이 벌어졌어—큰 전복이 일어났어. 그렇다 해도, 일흔 먹은 남자가 여전히 인간 희극의 육체적인 면에 관여해야 하는 걸까? 여전히 아무 변명 없이, 인간적인 자극에 민감한, 금욕적이지 않은 노인이 되어야 할까? 그건 한때 파이프 담배와 흔들의자가 상징하던 그런 상태는 아니야. 삶의 낡은 시계를 지키며 살지 않는 것은 어쩌면 여전히 사람들에게 약간 무례가 될지도 몰라. 나는 다른 어른들의 도덕적인 존중은 기대할 수 없다는 걸 깨달아. 하지만 내가 아는 한, 아무리 나이가 들어도 어떤 것도, 어떤 것도 잠잠해지지 않는데, 이 사실을 내가 어떻게 할 수 있겠어?

그렇게 물어뜯으려 한 뒤로 아이는 아주 허물없이 내 집에 드나들기 시작했어. 상황을 통제하는 데 거의 힘을 쓸 필요가 없다는 것을 일단 깨닫게 되자 저녁 데이트나 그뒤의 성교는 그렇게 중요한 것이 아니었어. 아이는 전화를 해서 "몇 시간 들러도 돼요?" 하고 말하면서 내가 절대 안 된다고 하지 않을 것임을 알았어. 매번 그저 옷만 벗고 서 있으면 아이가 피카소의 작품이라도 된다는 듯 내가 "이야, 이거 대단한데" 하고 말하는 소리가 들릴 거라는 걸 알고 있었어. 내가, 아이의 '실제 비평' 선생이, 일요일 아침 PBS*에 등장하는 미학자가, 뉴욕 텔레비전에서 현재 볼만하고, 들을 만하고, 읽을 만한 가장 좋은 것이 무엇인지 이야기하며 행세깨나 하는 권위자가—내가 아이를 위대한 예술작품이라고, 위대한 예술작품의 모든 마법적 영향력을 갖추고 있다고 선언한 거야. 예술가는 아니지만, 예술 그 자체라고 말이야. 아이가 이해하지 못할 것이 전혀 없었어—아이는 그냥 거기에 있으면, 보여주기만 하면 그만이었고, 아이의 중요성을 이해하는 정신은 나에게서 흘러나왔으니까. 바이올린 협주곡이나 달이 자아 개념 같은 걸 갖고 있길 요구받지 않는 것과 마찬가지로, 아이도 그런 것을 요구받지 않았지. 그것은 내가 할 일이었거든. 내가 콘수엘라의 자기 인식이었어. 나는 금붕어를 바라보는 고양

* Public Broadcasting Service. 미국 공영 방송망.

이였어. 다만 이 경우는 이가 있는 금붕어라는 차이가 있었지만.

질투. 그 독. 누가 도발한 것도 아닌데. 아이가 열여덟 살 난 남동생과 스케이트를 타러 간다고 할 때도 질투. 동생이 그 아이를 훔쳐가기라도 할까봐? 하지만 이런 강박적인 연애에서는 나름의 자신감을 갖춘 자아가 될 수 없어. 연애의 소용돌이 안에 있을 때는, 여자의 나이가 자기의 거의 삼분의 일일 때는. 매일 전화로 아이와 이야기를 하지 않으면 불안하고, 전화를 한 다음에도 불안해. 과거에 규칙적으로 전화할 것을 요구하던, 그런 식으로 전화를 주고받을 것을 요구하던 여자들, 나는 그런 여자들을 예외 없이 잘라버렸어—그런데 이제 내가 아이에게 그것을 요구하고 있었던 거야. 매일 전화로 마약주사를 놔줄 것을. 이야기를 할 때 나는 왜 아이의 비위를 맞출까? 왜 아이가 얼마나 완벽한지 모르겠다는 말을 멈추지 못할까? 왜 늘 이 아이한테는 뭔가 어긋난 말을 하고 있다는 느낌이 들까? 그 아이가 나를 어떻게 생각하는지, 다른 모든 것을 어떻게 생각하는지 파악할 수가 없고, 그런 혼란 때문에 내 귀에 거짓이나 과장으로 들리는 말을 하게 되고, 그러다 아이에 대한 소리 없는 원한을 가득 품은 채 전화를 끊고 말아. 하지만 간신히 나 자신을 다잡아 아이와 이야기를 하지 않고, 아이에게 전화를 하지 않고, 아니면 아이의 비위를 맞추지 않고, 거짓을 이야기하지 않고, 아이가 자기도 모르는 새에 나에게 하고 있는 짓에 원한을 품지 않고 넘어가는 드문 날에는 더 심해져. 뭘 하고 있든 그걸 멈출 수가 없고, 내가 하는 모든 일에 화가 나. 아이를 상대할 때는 나의 안정에 필수적인 권위를 느낄 수가 없어. 그런데, 아이는 바로 그런 권위를 찾아서 나에게 와.

아이가 나와 함께 있지 않은 밤이면 나는 아이가 어디 있을까, 뭘 하고 있을까 하는 생각 때문에 일그러져버려. 하지만 아이가 저녁에 나와 함께 있다 집에 갔을 때도 잠을 못 자. 아이를 경험하는 것이 너무나 강렬해서. 나는 침대에 일어나 앉아 한밤중에 소리쳐. "콘수엘라 카스티요, 나를 가만 좀 내버려둬!" 이제 그만, 나는 속으로 말해. 일어나서, 시트를 갈고, 다시 샤워를 하고, 아이의 냄새를 없애고, 아이도 없애. 그래야 돼. 이제 이건 아이와 끝도 없이 벌이는 전쟁이 되었어. 충족과 소유의 느낌은 어디로 갔을까? 아이를 가지고 있으면서도 왜 가지지 못하는 걸까? 원하는 것을 얻고 있는 순간에도 원하는 것을 얻지 못하고 있어. 그 안에는 평화가 없고 있을 수도 없어. 우리 나이와 피할 수 없는 가슴 저미는 느낌 때문에. 우리 나이 때문에, 나는 쾌락을 누리지만 갈망은 결코 사라지지 않아. 전에는 이런 일이 한 번도 없었나? 없었어. 그전엔 예순두 살이었던 적이 없었으니까. 이제 나는 인생에서 모든 일을 할 수 있다고 생각하는 단계에 있지 않

아. 하지만 그 단계를 분명하게 기억하고 있어. 아름다운 여자가 눈에 띄어. 1마일 떨어진 곳에 있는 게 보여. 그럼 그 여자에게 다가가서 "당신 누구요?" 하고 말해. 함께 저녁을 먹어. 그리고 계속. 그런 단계, 걱정이 없던 단계. 버스에 타. 너무도 찬란해서 모두 그 옆에 앉기를 두려워하는 존재가 있어. 세상에서 가장 아름다운 젊은 여자의 옆자리—그곳이 비어 있어. 그래서 그 자리에 앉아. 하지만 지금은 그때가 아니고, 앞으로는 절대 차분해지지도, 절대 평화로워지지도 않을 거야. 나는 아이가 그 블라우스를 입고 돌아다니는 것이 걱정되었어. 아이의 재킷을 벗겨내면, 거기 그 블라우스가 있지. 그 블라우스를 벗겨내면, 거기 완벽이 있어. 젊은 남자가 그런 아이를 발견하고 낚아채 가겠지. 나에게서. 내가 아이의 감각에 불을 지르고, 아이를 그렇게 키우고, 아이의 해방에 촉매가 되어주었는데, 다 그 녀석을 위해 아이를 준비해놓은 꼴이 되는 거야.

젊은 남자가 아이를 낚아채 갈 거라는 걸 내가 어떻게 알까? 내가 한때 그런 짓을 할 만한 젊은 남자였기 때문이지.

젊었을 때 나는 민감하지 않았어. 다른 사람들은 더 일찍 질투에 사로잡혔지만 나는 나 자신을 질투에서 보호할 수 있었어. 성적 지배를 통해 이길 수 있다고 자신했기 때문에, 마음대로 하게 했어. 물론 질투는 계약으로 들어가는 작은 문이지. 남자들은 이런 말로 질투에 대응해. "다른 누구도 저 여자를 갖지 못해. 내가 저 여자를 가질 거야—나는 저 여자와 결혼할 거야. 그렇게 저 여자를 잡아둘 거야. 관습으로." 결혼이 질투를 치유해. 그래서 많은 남자들이 애써 결혼을 하려는 거야. 그 다른 사람에 대한 자신감이 없기 때문에 여자가 계약서에 서명을 하게 하는 거야. 나는 이런저런 걸 하지 않겠다, 하는 계약서에.

나는 콘수엘라를 어떻게 잡아둘까? 생각만으로도 도덕적으로 모욕감을 느끼지만, 그럼에도 그런 생각이 존재해. 물론 결혼을 약속해서 붙들지는 않겠지만, 내 나이에 달리 어떻게 젊은 여자를 붙들 수 있을까? 자유 시장 섹스라는 이 젖과 꿀이 흐르는 사회에서 무엇을 대신 제시할 수 있을까? 그래서 그때부터 포르노그래피가 시작되는 거야. 질투의 포르노그래피. 자기 파괴의 포르노그래피. 나는 황홀했고, 나는 매혹되었지만, 나는 틀 바깥에서 매혹되었어. 무엇이 나를 그렇게 밖에 내놓는 걸까? 나이지. 나이의 상처. 고전적 형식의 포르노그래피는 오 분 내지 십 분 정도 톡 쏘는 자극을 주다가 약간 희극적인 것이 되고 말아. 그러나 이 포르노그래피에서는 이미지들이 극히 고통스러워. 보통의 포르노그래피는 질투를 미화해. 괴로움을 제거해버리지. 뭐가—왜 "미화할까aestheticizing?" 왜 "마취하지anesthetizing 않을까?" 글쎄, 어쩌면 둘 다겠지. 그건 대신하는 거야, 보통의 포르노그래피는. 타락한 예술 형식이야. 그것은 진짜인 체할 뿐 아니라 노골적으로 진실을 버려. 포르노 영화에 나오는 여자를 원하지만 누가 그 여자와 씹을 하든 그 사람이 자신의 대리가 되기 때문에 질투는 일어나지 않아. 아주 놀랍지만 그게 심지어 타락한 예술의 힘이야. 그 사람은 대역이 되어, 그렇게 보는 사람에게 봉사를 하는 거야. 그것이 가시를 제거해서 영화를 즐길 만한 것으로 바꾸는 거야. 보는 사람이 그 행위의 보이지 않는 공모자이기 때문에 보통의 포르노그래피에서는 괴로움이 제거되는 반면 내 포르노그래피에서는 괴로움이 그대로 유지돼. 나의 포르노그래피에서는 신물날 정도로 자신을 잔뜩 채운 사람이나 얻는 사람이 아니라, 얻지 못하는 사람, 잃는 사람, 잃어버린 사람과 자신을 동일시하게 되니까.

젊은 남자가 아이를 발견하고 낚아채 가겠지. 그 남자가 보여. 나는 그 남자를 알아. 그는 스물다섯 살의 나, 아직 아내도 자식도 없을 때의 나여서, 나는 그 남자가 뭘 할 수 있는지 알아. 그는 날것의 나, 다른 모든 사람들이 한 일을 하기 전의 나야. 아이가 링컨 센터의 널찍한 광장을 가로지르는 것—광장을 활보하는 것—을 그 남자가 지켜보는 게 보여. 남자는 시야에서 가려진 채, 기둥 뒤에 숨은 채, 처음으로 아이를 베토벤 연주회에 데려가던 저녁에 내가 그러던 것처럼 아이를 주시하고 있어. 아이는 부츠,

긴 가죽 부츠에 맵시 있는 짧은 드레스 차림으로, 따뜻한 가을 밤 야외에 나온 강렬하고 젊은 여자답게 부끄러움 없이, 모든 사람더러 자신을 탐내고 사모하라는 듯이 세상의 거리를 걷고 있어—아이는 웃음을 짓고 있어. 아이는 행복해. 이 강렬한 여자가 나를 만나러 오고 있어. 다만 포르노그래피 영화에서는 내가 아니야. 그 남자야. 한때 나였지만 지금은 내가 아닌 남자. 아이를 지켜보는 그 남자를 지켜보면서, 나는 다음에 무슨 일이 벌어질지 세세하게 알고 있어. 다음에 무슨 일이 벌어질지 세세하게 알고 또 그려볼 수 있기 때문에 합리적으로 하자면 자신에게 도움이 되는 쪽으로 해석을 하련만, 도무지 그쪽으로는 생각을 할 수가 없어. 모든 사람이 이 아이에게 강박을 가지고 있는 건 아니니까 모든 사람이 이 아이를 이런 식으로 느끼지는 않는다고 생각하는 게 불가능하다는 거야. 그보다는, 아이가 어디든 가는 걸 상상할 수가 없어. 아이가 거리에, 가게에, 파티에, 해변에 간다고 상상하면 반드시 그 남자가 그늘에서 나타나. 포르노그래피적인 괴로움이지. 한때 자신이었던 다른 남자가 그러는 걸 지켜본다는 건.

마침내 콘수엘라 같은 여자를 잃게 되면, 한 번이라도 그애와 함께 있었던 모든 곳에서 그런 일이 일어나. 아이가 사라지면, 불가사의하게도, 그곳에 있던 아이를 기억하게 되고, 자신은 거기에 없고 아이만 있는 공간을 보게 돼. 그곳에서 아이는 전에 둘이 함께 있었듯이 이제는 스물다섯 살 난 남자아이와 함께 있어. 자신은 이제 스물다섯이 아닌데. 그래도 아이가 그렇게 맵시 있는 짧은 드레스를 입고 활보하는 모습을 상상하게 되지. 이쪽으로 점점 가까이 다가오는 모습. 아프로디테. 그러나 아이는 그냥 지나쳐 가고, 아이는 사라져버리고, 포르노그래피는 제멋대로 흘러가버려.

나는 아이에게 남자친구들에 관해 묻고(안다고 나에게 무슨 도움이 되겠느냐만), 나 이전에 몇 명하고 잤고 언제 처음 잤는지, 다른 여자와 함께 하거나 동시에 두 남자애(또는 말과 또는 앵무새와 또는 원숭이와)와 함께 한 적이 있는지 말해달라고 하고, 아이는 나에게 겨우 다섯 명밖에 없었다고 이야기해. 그렇게 매력적인데도, 그렇게 차림이 깔끔하고 찬란한데도, 현대의 아이치고는 남자친구가 상대적으로 적었던 편이야. 부유하고 예의 바른 쿠바 집안 속박의 영향이지(그러니까 아이가 사실을 말하고 있는 거라면). 게다가 마지막 남자친구는 제대로 씹도 할 줄 모르고 오로지 자기 싸는 데만 열중하는, 멍청한 같은 학교 학생이었어. 케케묵은 시시한 이야기지. 여자를 사랑할 줄 아는 남자는 없다는.

그런데 아이는 도덕성에 일관성이 없었어. 시인이자 평생 한 여자와 결혼생활을 유지했던 조지 오헌이라는 사람이 있는데 당시 여자친구가 콘수엘라와 같은 지역에 살았어. 조지가 그곳 시내의 한 커피숍에서 여자친구와 아침을 먹고 있는 걸 보고 아이는 열을 받았어. 아이는 당시 내 침대맡 탁자에 있던 조지의 새 책 뒤표지에 나온 사진을 봤기 때문에 그를 알아봤고, 내가 그와 아는 사이라는 걸 알고 있었어. 아이는 그날 밤 나에게 왔어. "선생님 친구를 봤어요. 아침 여덟시에, 젊은 여자와 레스토랑에 함께 있었는데 여자한테 키스를 하더라고요…… 그 사람은 유부남이잖아요." 아이는 이런 일에서는 그렇게 예측 가능하고 진부한 소리만 늘어놓았어. 자기보다 서른여덟 살 많은 남자와 연애를 할 때는 모든 관습에서 벗어난 행동을 하면서 말이야. 아이는 가끔 내적으로 자신감을 잃고 자기 능력으로 대처할 수 없는 상황에 처하곤 했는데, 그건 그럴 수밖에 없었어. 그럼에도 뭔가 특별한 일, 큰일, 진짜는 아니고 대용품 역할을 한 일, 미리 알 수는 없었던 일, 아이의 허영심을 채워주고 자신감을 올려준 일, 그러나 흥미진진하기는 했어도 아이를 (나만큼) 완전히 바꾸어버린 것처럼 보이지는 않았던 일이 다가오고 있었어.

나의 심문 도중 콘수엘라는 고등학교 시절에 자기가 생리하는 것을 몹시도 보고 싶어하던 남자친구가 있었다고 말한 적이 있어. 아이는 생리를 시작할 때마다 남자친구에게 전화를 해야 했고, 그러면 남자친구는 바로 달려와서, 아이가 서 있으면 피가 허벅지를 타고 바닥으로 흘러내리는 것을 지켜보았어. "그앨 위해 그렇게 해줬다고?" 내가 물었지. "네." "네 가족, 네 전통적인 가족은? 열다섯 살이었고, 여름에 저녁 여덟시가 넘으면 밖에 나가 있을 수가 없었는데도 그랬다고? 묵주를 사랑하는 네 여자 공작 할머니가 있는데도 그랬다고?" "열다섯이 아니었어요. 그땐 열여섯 살이었어요." "열여섯. 알았어. 그럼 말이 되는군. 그래서 얼마나 자주 그랬는데?" "생리를 할 때마다요. 매달." 아이가 말했어. "그 아이는 누구였어? 남자는 네 방에 들어가지도 못하는 줄 알았는데. 누구였어? 누구냐니까?"

사회적으로 용인할 수 있는 남자아이. 역시 쿠바인이고. 카를로스 알론소. 아주 예의바르고, 반듯한 아이였어요, 아이가 나에게 말해. 양복에 타이 차림으로 문까지 와서 아이를 데리고 나가고, 절대 얼른 나오라고 갓돌에서 경적을 울려대지 않고, 안으로 들어와 아이의 부모를 만나 함께 앉아 있는 아이, 자신들의 사회적 지위를 몹시 의식하는 좋은 집안의 과묵한 남자아이였어. 그 집안도 아이 자신의 집안과 마찬가지로 아버지에 대한 존경이 넘쳐나고, 모두 교육을 잘 받았고, 모두 수월하게 두 나라 말을 구사하고, 딱 맞는 학교를 다니고, 딱 맞는 컨트리클럽에 등록하고, 신문은 〈엘 디아리오〉와 〈버건 레코드〉를 보고, 레이건을 사랑하고, 부시를 사랑하고, 케네디를 싫어하고, 루이 14세 저리 가라 할 정도로 부유한 뉴저지 쿠바인들이야. 그런데 카를로스는 아이에게 전화를 걸어 나 없이는 생리하지 말라고 해.

상상해봐. 방과 후 버건 카운티 교외의 욕실에서 아담과 이브라도 된 것처럼 여자아이의 생리의 수수께끼 때문에 꼼짝도 못하고 있는 두 아이를. 카를로스도 홀려 있기 때문이야. 카를로스도 콘수엘라가 예술작품이라는 걸, 예술작품, 고전적인 예술, 고전적 형태의 아름다움과 다름없는 운좋고 희귀한 여자라는 걸, 그러면서도 살아 있다는 걸, 살아 있다는 걸 알아. 자, 살아 있는 아름다움에 대한 미적 반응은 뭘까요, 학생들? 욕망. 그래, 카를로스는 아이의 거울이야. 남자들은 늘 아이의 거울이었어. 남자들은 심지어 아이가 생리하는 것까지 지켜보고 싶어해. 아이는 남자들이 피할 수 없는 여성적 마력이야. 문화적으로는 쿠바의 과거라는 예의바른 옷을 입고 있지만 아이의 허영심에서 허락이 흘러나와. 아이의 허락은 거울을 보며 "다른 누군가가 이걸 봐야만 해" 하고 말하는 것에서 흘러나와.

"나한테 전화해," 나는 아이에게 말했어, "생리를 시작할 때. 네가 여기에 왔으면 좋겠어. 나도 보고 싶어."

나도. 그렇게 해서 질투가 드러나고, 욕망이 얼마나 뜨거운지 드러나—그리고 그렇게 해서 재난에 가까운 일이 벌어지는 거야.

왜냐하면 내가 그해에, 아주 매력적이고 아주 강하고 책임감 있는 여자, 자신을 무능하게 만드는 상처도 없고 악덕이나 난폭한 관점도 없고 모든 면에서 신뢰할 만한, 세밀히 살피는 지성이 있고, 아이러니가 턱없이 부족해 가벼운 재치를 부리지는 않지만 관능적이고, 전문적이고, 주의깊은 연인과 동시에 연애중이었기 때문이야. 캐럴린 라이언스. 긴 세월 전, 60년대 중반에, 이 여자 또한 나의 제자였어. 하지만 그간 수십 년 동안 우리 둘 다 상대방을 찾지 않았고, 그래서 어느 날 아침 걸어서 출근하던 캐럴린과 길에서 우연히 만났을 때 우리는 마치 그전 이십사 년 동안 떨어져 있었던 것이 (그 여자가 법대에 진학하려고 캘리포니아에 간 것 때문이 아니라) 세계대전 같은 격변적 사건 때문이기라도 한 것처럼 부둥켜안았어. 우리는 서로 상대가 멋져 보인다고 찬사를 보냈고, 그녀가 열아홉이던 시절 내 연구실에서 보낸 하룻밤의 열기를 회고하며 웃음을 터뜨렸고, 과거에 관해 온갖 종류의 애정이 깃든 말을 늘어놓았고, 그때 그 자리에서 다음날 저녁식사 약속을 잡았어.

캐럴린은 여전히 아름다웠고 큼직큼직한 이목구비는 광채를 발했지만, 창백한 잿빛 눈 밑의 커다란 눈구멍은 이제 종잇장처럼 닳아버렸어. 내 생각으로는 만성적인 불면증 때문이라기보다는 이민자가 맨해튼 아파트 문간에 배달해주는 비닐 봉투에 든 저녁식사를 먹는 일이 잦은, 성공한 사십대 전문직 여성의 이력에 드물지 않은 복합적 실망 때문인 것 같았어. 몸도 전보다 공간을 많이 차지했지. 이혼 두 번에 아이는 없고, 자주 해외 출장을 가야 하는, 부담이 크고 보수가 많은 일자리—이 모든 것이 합쳐져 추가의 15킬로그램이 되었던 거야. 그래서 침대로 갈 때 이 여자는 "저 전하고는 달라요" 하고 소곤거렸고 나는 거기에 대해 "나는 같을 거라고 생각해?" 하고 대꾸했고, 다시는 그 문제는 입 밖에 나오지 않았어.

학부생 시절 캐럴린은 캠퍼스의 선동가 가운데 한 사람으로, 애비 호프먼*처럼 카리스마 넘치는 60년대의 조직가 제이니 와이엇과 함께 살았는데, 맨해셋 출신의 제이니는 나에게 '도서관에서 삐딱해지는 백 가지 방법'이라는 제목의 매혹적인 학부 졸업논문을 제출했어. 그 첫 문장은 이래. "도서관에서 남자를 빨아주는 것은 도서관의 핵심, 거룩한 위반, 캠퍼스의 흑미사다." 제이니는 몸무게가 아마 45킬로그램쯤 나갔을 거고 키는 기껏해야 153센티미터에 불과해서, 가뿐하게 안아들어 어디로든 던져버릴 수 있을 것처럼 보이는 자그마한 금발머리였는데, 이 아이

* 1960년대 미국의 정치 활동가.

가 대학의 더러운 여신이었어.

당시 캐럴린은 제이니를 경외했지. 캐럴린은 내게 말하곤 했어. “그애는 연애를 아주 많이 해요. 동시다발로. 누군가의 아파트에, 대학원생이나 젊은 강사의 아파트에 가보면 샤워 수도꼭지 손잡이에 제이니의 속옷이 걸려 있는 거예요.” 캐럴린이 나한테 해준 이야기에 따르면 섹스를 원하는 학생들, 그런 학생들은 캠퍼스를 걷다가 갑자기 섹스를 하고 싶으면 제이니에게 전화를 한다는 거였어. 그래서 제이니도 그걸 원하면 둘은 바로 그렇게 된다는 거야. 남학생들은 걸어가다가 말고 갑자기 멈춰 서서 “제이니한테 전화를 한번 해볼까봐” 하고 말하곤 했는데 그러면 절대 수업에 나타나지 않았대. 많은 교수들이 제이니의 개방적인 성적 행동에 얼굴을 찌푸렸고 그것을 어리석음과 동일시했어. 심지어 몇몇 남학생들도—조금 전까지 걸레라고 이야기하다 다음 순간에는 함께 침대로 갔지. 하지만 제이니는 어리석지도 않았고 걸레도 아니었어. 제이니는 자신이 무슨 일을 하고 있는지 아는 사람이었어. 제이니는 체구는 작지만 다리를 약간 벌리고 그 자리에 붙박인 듯 상대를 마주보며 당당하게 섰고, 얼굴은 주근깨투성이에 머리는 짧은 금발이었고, 밝은 빨간색 립스틱 외에는 화장을 하지 않았고, 속을 다 드러내듯 환한 얼굴로 싱글거리며 이렇게 말하는 것 같았어. 이게 나예요, 이게 내가 하는 행동이에요. 그게 마음에 드시지 않는다면 정말 안된 일이네요.

제이니가 뭘로 나를 가장 놀라게 했더라? 여러 가지가 있었어—캠퍼스 봉기 초기에는 제이니가 주목할 만한 새로운 종류의 인간으로 눈에 확 띄는 일이 많았어. 제이니는 이상하게도, 여자들이 그 이후 대담함이라는 면에서 이루어낸 진보를 고려할 때 지금은 전혀 지나치다고 여기지 않을 수도 있는 행동, 또 그 아이가 공적으로 보여주는 도전적이고 화려한 태도에 반드시 필적한다고는 볼 수는 없는 행동으로 나를 놀라게 했어. 캠퍼스에서 가장 수줍은 남자, 우리의 시인을 손에 넣어 나를 깜짝 놀라게 한 거야. 교수와 학생이 얽히는 건 새롭기 때문만이 아니라 공개적으로 드러났기 때문에 흥미진진했고, 나 자신뿐 아니라 여러 사람의 이혼 사유가 되었지. 그 시인은 다른 사람들이 갖고 있는 세속적인 이익 추구 기술은 전혀 갖추지 못한 사람이었어. 그 사람은 오직 언어에 대해서만 자기중심적 태도를 과시했어. 결국에는 비교적 젊은 나이에 술로 죽었지만, 오직 술만이 다정한 미국에서 홀로 살아가던 이 남자를 느슨하게 풀어줄 수 있었지. 결혼을 하고 자식을 둘 두었지만 연단에 올라가 시에 관해 눈부시게 강연할 때가 아니면 그럴 수 없이 숫기가 없었어. 이 남자를 그늘 밖으로 꾀어내는 것은 상상도 할 수 없는 일이었지. 제이니만이 예외였어. 어떤 파티에서. 남자 여자 가릴 것 없이 많은 학생들이 그에게 더 가까이 다가가고 싶어했어. 똑똑한 여자애들이 모두 그에게, 삶을 낯설게 여기는 이 로맨틱한 남자에게 반했지만 그는 누구도 신뢰하지 않는 것 같았어. 제이니가 어떤 파티에서 그의 손을 잡고 "우리 춤춰요" 하고 말하기 전까지는. 그다음 우리가 알게 된 건 제이니가 그를 달고 다닌다는 거였어. 그는 곧바로 제이니에 대한 신뢰로 헤엄쳐 들어간 것 같았지. 귀여운 제이니 와이엇. 우리는 모두 평등하고, 우리는 모두 자유롭고, 원하는 건 무엇이든 낚아올릴 수 있어요, 하고 말하는 듯한 아이.

제이니와 캐럴린은 다른 서너 명의 반항적인 중상층中上層 계급 아이들과 함께 자칭 거터 걸스*라는 도당을 결성했어. 그래, 이 여자애들은 내가 알던 그 무엇과도 닮지 않았어. 단지 집시의 누더기로 몸을 두르고 맨발로 다녔기 때문만은 아니었어. 이 아이들은 순수를 혐오했어. 감독을 못 견뎌했어. 눈에 띄는 것을 두려워하지 않았고 은밀하게 행동하는 것을 두려워하지 않았어. 자신의 조건에 저항하는 것이 가장 중요했어. 이 아이들과 이들의 지지자들은 아마 역사적으로, 자신의 욕망에 완전히 몸을 맡긴 첫 세대 미국 젊은 여자들일 거야. 수사修辭도 없고 이념도 없고 오로지 대담한 자들을 향해 활짝 열린 쾌락의 놀이터만 있었

* Gutter Girls. '빈민굴의 여자아이들'이라는 의미.

지. 가능성이 무엇인지 깨닫고, 더는 감시를 받지 않는다는 것, 더는 낡은 체제에 굴복하지 않고 또 어떤 체제하에도 있지 않다는 것을 깨달았을 때—무엇이든 할 수 있다는 것을 깨달았을 때—그 대담함은 점점 발전해나갔어.

처음에는 즉흥적인 혁명이었어, 그 60년대 혁명은. 캠퍼스의 전위가 0.5퍼센트, 어쩌면 1.5퍼센트 정도로 아주 적었지만 흥분해 몸을 떠는 사회의 분파가 곧 따라갔기 때문에 그것은 중요하지 않았어. 문화는 늘 첨단이 이끄는 것으로, 이 캠퍼스의 젊은 여자들 사이에서는 제이니의 거터 걸스, 완전히 자연발생적인 성적 변화의 길을 닦아나가는 여성 개척자들이 그 첨단이었지. 그로부터 이십 년 전 나의 대학 시절에는 캠퍼스가 완벽하게 관리되었어. 대학 구내 생활 규칙. 무조건적 감독. 권위는 멀리 카프카적인 곳—'행정처'—에서 나왔고 행정처의 언어는 성 아우구스티누스에게서 나온 것이라 할 만했어. 다들 교활하게 이 모든 통제를 피해 가려고 했지만, 그래도 64년 무렵까지는 감시를 받는 모두가 대체로 법을 잘 지켰어. 너새니얼 호손이 말한 "한계를 사랑하는 계급"에서 탁월한 지위를 누리는 사람들이었거든. 그러다가 오랫동안 지연되던 폭발이, 전후戰後의 정상성과 문화적 합의에 대한 악명 높은 공격이 일어난 거야. 통제할 수 없는 모든 것이 터져나왔고, 젊은 사람들의 돌이킬 수 없는 변화가 시작됐어.

캐럴린은 제이니 수준의 악명은 떨칠 수 없었고, 그것을 바라지도 않았어. 캐럴린은 항의, 도발, 무례한 장난에는 참여했지만, 특유의 자제하는 태도로, 반항으로 인해 자기 미래를 위기에 빠뜨릴 수도 있는 지경에는 절대 이르지 않았지. 중년에 이른 캐럴린의 지금 모습—회사라는 세계에 완전히 흡수되어 아무 불평 없는 고지식한 캐럴린—은 나에게 놀랍지 않아. 성적 자유라는 대의로 남을 화나게 하는 것은 절대 캐럴린의 소명이 아니었거든. 아무 거리낄 것 없다는 듯 제멋대로 굴지도 않았어. 하지만 제이니는…… 잠시 제이니 얘기를 더 해보자고. 그 아이 나름의 소소한 방식이기는 했지만 그럼에도 제이니는 콘수엘라 카스티요가 존경하는 시몬 볼리바르와 비슷한 면을 보여주었다고 할 수 있어. 그래, 제이니는 군대를 이끌고 제국주의 스페인의 권력을 부순 남아메리카의 볼리바르 같은 위대한 혁명 지도자였어—우월한 세력과 싸우는 것을 두려워하지 않는 반도叛徒였고, 대학을 지배하는 도덕성과 맞붙어 마침내 그 권위를 쓸어버린 해방자libertador였어.

요즘 내 수업을 듣는 잘 자란 여자아이들의 근심 없는 성적 행동은 그들이 아는 한 '독립선언문'으로 보장받고 있어. 용기가 없다 해도 행사하는 데 아무 지장이 없는 권리이고, 1776년에 필라델피아에서 구상했던 행복추구권과 조화를 이루는 권리야. 그러나 사실 이 콘수엘라나 미란다 같은 아이들이 태평하게 당연시하는, 억제에서 벗어난 모든 것은 부끄러움을 모르고 전복적이던 제이니 와이엇 같은 아이들의 대담함, 또 그들이 60년대에 극악무도한 행동의 힘을 통해 성취한 놀라운 승리에서 나온 거야. 이전에 갱영화에 포착되던 미국 삶의 상스러운 영역, 제이니는 그것을 캠퍼스로 끌고 왔는데, 규범의 옹호자들을 무찌르기 위해서는 그런 강렬함이 필요했기 때문이지. 그것이 자신을 지키는 자들과 싸움을 하는 방식이었어—그들의 언어가 아니라 자신의 추한 언어로.

제이니는 도시에서 태어나, 교외에서, 저기 롱아일랜드에서, 맨해셋에서 자랐어. 교사인 어머니는 매일 퀸스로 통근을 했는데, 가족이 그곳을 떠나 맨해셋으로 이사하고 나서도 어머니는 퀸스에서 10학년을 가르쳤던 거야. 아버지는 반대 방향으로, 그레이트넥에서 2마일 떨어진 곳으로 통근했는데, 거기에 있는 캐럴린 아버지 법률회사의 파트너로 일하고 있었어. 그래서 두 아이가 서로 알게 된 거야. 교외의 텅 빈 주택—그건 제이니 몸의 모든 성적 신경을 자극해. 아이가 성적 성년에 이를 무렵 세상의 음악이 바뀌고, 그래서 아이는 거기에 반응해. 모든 것에 반응해. 교외에 이르렀을 때, 아이의 영리함은 그곳을 어떻게 쓰면 좋은지 깨달았던 거야. 도시에서 아이는 여자아이로서 한 번도 자유로운 적이 없었고, 한 번도 남자아이들처럼 속박에서 벗어난 적이 없었어. 하지만 맨해셋으로 나왔을 때 거기에서 자신의 프런티어를 발견해. 그곳에도 이웃이 있기는 했지만 도시에서만큼 가깝지는 않았어. 학교에서 집에 오면 거리는 텅 비어 있었어. 옛 '서부'의 소도시 같았지. 주위에 아무도 없었어. 모두가 사라지고 없었던 거야. 그래서 다들 열차를 타고 집에 돌아올 때까지 제이니는 작은 작전, 작은 촌극을 진행했어. 삼십 년 뒤에는 제이니 와이엇 같은 아이가 에이미 피셔* 같은 아이로 타락하여 스스로 혼자서 노예처럼 자동차 수리공에게 봉사하지만, 제이니는 똑똑했고 타고난 조직가였어—길들여지지 않았고, 부끄러움을 몰랐고, 변화의 흐름을 타는 생기 넘치는 파도타기 선수였지. 교외, 도시의 위험에서 벗어난 안전한 곳이라 여자아이들을 꽁꽁 싸둘 필요가 없어서 부모가 매 순간 지나치게 걱정하지 않는 교외가 아이에게는 미국 예비 신부학교였어. 교외는 인가받지 않은 이런 교육이 번창하는 광장을 마련했지. 감시가 줄어들고, 스폭 박사**에게서 불복종의 수단을 얻은 이 모든 아이들이

* 미국의 작가이자 포르노 배우.

** 미국의 소아과 의사이자 시민운동가.

점차 공간을 확보하게 됐어—그래, 그런 교육이 번창했어. 통제를 벗어나기 시작했어.

제이니는 논문에서 그런 변화를 이야기했어. 그게 제이니가 하고 싶은 이야기였어. 교외. 피임약. 여자에게 동등한 지위를 부여한 피임약. 음악. 모든 것의 추진력인 리틀 리처드*. 골반 백비트. 자동차. 함께 차를 몰고 다니는 그곳의 아이들. 번영. 통근. 이혼. 성인의 수많은 오락거리. 풀**. 도프***. 스폭 박사. 이 모든 것이 파리 대왕**** 대학—거터 걸스는 우리 대학을 그렇게 불렀지—으로 통한다는 거였어. 제이니의 그룹은 어떤 것을 폭파해버리는 혁명 세포가 아니었어. 제이니는 버나딘 돈이나 캐시 부딘*****이 아니었어. 베티 프리던****** 같은 여자들이 제이니에게 말을 걸고 있지도 않았어. 거터 걸스는 사회적 또는 정치적 주장에 이의를 제기하지 않았지만, 그런 정치적 반대가 그 십 년의 시기의 또 한 면이었지. 그 소란에는 두 가지 흐름이 있었어.

* 미국의 로큰롤 가수.

** Grass. 대마초를 가리키는 말.

*** Dope. 마약을 가리키는 말.

**** 윌리엄 골딩의 소설 제목.

***** 둘 다 미국의 폭력적 지하운동에 관여한 여성들.

****** 미국의 페미니스트.

개인에게 난교를 허락하면서 공동체의 전통적 이해관계와 대립하는 자유의지론이 있었고, 그와 함께, 또 종종 그와 결합된 형태로, 시민권이나 반전反戰과 관련된 공동체의 공정성, 소로*를 통해 도덕적 위엄을 물려받은 불복종이 있었어. 서로 연결되는 이 두 경향 때문에 난교를 모욕하기가 어려웠던 거야.

그러나 제이니의 그룹은 정치적 세포가 아니라 쾌락의 세포였어. 이런 쾌락 세포는 단지 우리 캠퍼스만이 아니라 어디에나 수천 개가 존재했어. 홀치기염색을 한 옷을 입고 함께 무모한 행동에 참여하는, 늘 좋은 냄새가 나지는 않는 남자아이들과 여자아이들 말이야. 몸을 비틀고 소리를 질러라, 있는 힘껏 끝까지 가라**—〈인터내셔널가〉***가 아니라 그것이 그들의 주제가였어. 씹할 때 틀어놓는 외설적이고 직접적인 음악. 입으로 빨아줄 때 트는 음악, 민중의 비밥****. 물론 음악은 늘 그 시대의 지정된 한계 내에서 성적으로 유용하게 활용되었지. 틴 팬 앨리***** 로맨스가 담긴 노

* 『월든』을 쓴 19세기 미국의 사상가.

** 〈Twist and Shout〉라는 노래의 가사.

*** 프랑스에서 작곡된 국제 사회주의자 노래.

**** 재즈의 일종.

***** 19세기 말과 20세기 초에 미국 대중음악을 지배했던 뉴욕의 음악 관계자들을 일컫는 말.

래를 통해 섹스에 이를 수밖에 없었던 예전에는 심지어 글렌 밀러*도 윤활유를 바르듯 최대한 상황을 부드럽게 해주었어. 그다음에는 젊은 시나트라. 그다음에는 크림 같은 색소폰. 하지만 거터 걸스에게 한계가 있었을까? 그들은 마리화나를 사용하듯이 음악을 추진제로서, 폭동의 상징으로서, 에로틱한 문화 파괴의 자극제로 사용했어. 내 청소년기, 스윙 밴드 시대에는 그런 기분에 젖어들게 하는 건 그저 술뿐이었어. 하지만 그 아이들에게는 억제 해제 장치들을 다 갖춘 무기고가 있었어.

그런 여자아이들이 내 수업에 들어오는 것이 나의 교육이었지. 그 아이들이 독특하게 차려입은 모습을 보는 것, 예절을 버리고 상스러움을 드러내는 과정을 지켜보는 것, 함께 그들의 음악을 듣는 것, 함께 담배를 피우며 그 아이들 세대의 흰 얼굴의 베시 스미스이자 샤우터이자 홍키통크이자 마리화나에 취한 주디 갈런드라고 할 수 있는 재니스 조플린**을 듣는 것, 그들과 함께 그들 세대의 기타의 찰리 파커라 할 수 있는 지미 헨드릭스***를

---

* 미국의 재즈 연주자 겸 악단 지휘자.

** 재니스 조플린은 1960년대 미국의 가수, 베시 스미스와 주디 갈런드는 그 전 세대의 블루스 가수와 배우 겸 가수, 샤우터는 블루스 가수, 홍키통크는 래그타임 음악의 종류.

*** 지미 헨드릭스는 1960년대 기타리스트, 찰리 파커는 그 전 세대의 재즈 색소폰 연주자.

듣는 것, 그들과 함께 마리화나에 취해 헨드릭스가 기타를 뒤로 연주하고, 모든 것을 뒤집고, 박자를 늦추고, 박자를 가속하는 것을 듣는 것, 제이니가 마약에 완전히 취했을 때 내뱉는 주문인 "헨드릭스와 섹스, 헨드릭스와 섹스", 캐럴린이 내뱉는 주문 "아름다운 목소리의 아름다운 남자"를 듣는 것—발기에 대한 생물적 공포가 없고, 남자의 음경 변화에 대한 두려움이 없는 제이니 같은 아이들의 으스댐과 욕구와 흥분을 관찰하는 것.

미국 60년대의 제이니 와이엇 같은 아이들은 피가 끓는 남자들을 다루는 방법을 알았어. 그 아이들 자신이 피가 끓고 있었기 때문에 그런 남자들과 사업적 거래를 하는 방법을 알았던 거야. 그 아이들에게 대담한 남성적 충동, 남성적 주도권은 비난하거나 판결할 무법적 행동이 아니라 응답할 수도 있고 하지 않을 수도 있는 성적 표시였어. 남성적 충동을 통제하고 그것을 신고한다? 그 아이들은 그런 이념적 체계 안에서 교육받지 않았어. 위에서 적의와 원한과 불만을 주입하기에는 장난기가 너무 많았어. 그 아이들은 본능적 체계 안에서 교육을 받았어. 낡은 억제와 금지와 도덕적 가르침을 새로운 형태의 감시와 새로운 체계의 통제와 일군의 새로운 정통적 믿음으로 대체하는 데 관심이 없었어. 그 아이들은 어디에서 쾌락을 맛보아야 할지 알았고, 두려움 없이 욕망에 몸을 맡기는 방법을 알았어. 이 아이들은 공격적 충동을 두려워하지 않았고 변화의 소동에 깊숙이 얽혀 있었어—플리머스 식민지에서 교회 정부가 육肉의 부패와 남자들의 죄를 막기 위해 필그림의 여자들을 가두어둔 이후 미국 땅에서는 처음으로—그래서 경험의 본질과 세상의 기쁨에 관해 자기 씹으로부터 결론을 끌어내는 세대가 된 거야.

볼리바르가 베네수엘라에서는 화폐 단위가 아니던가? 글쎄, 미국에 첫 여성 대통령이 취임하면 달러가 와이엇으로 바뀌기를 바라는 마음이야. 제이니는 그 정도 자격이 있어. 제이니가 쾌락의 권리를 민주화했으니까.

도움이 될 만한 이야기 하나. 플리머스 식민지의 청교도들을 격앙시켰던 메리마운트의 영국 교역 전초기지—거기 알아? 플리머스에서 북서쪽으로 약 30마일 떨어진, 플리머스보다 작은 모피 교역 정착지야. 오늘날의 매사추세츠 주 퀸시지. 남자들은 술을 마시고, 인디언에게 무기를 팔고, 인디언과 친하게 지내. 적과 신나게 놀아. 개 자세를 하고 뒤에서부터 받아들이는 것을 관습으로 아는 인디언 여자와 교접을 하고. 성서가 곧 법인 청교도의 매사추세츠 안에서 거긴 이교도의 온상이지. 동물 가면을 쓰고 오월의 기둥 둘레에서 춤을 추고, 매달 거기에 예배를 드렸어. 호손이 그 오월의 기둥을 토대로 이야기를 하나 쓰기도 했지. 엔디콧 총독은 마일스 스탠디시 휘하의 청교도 의용군을 보내 오월제의 기둥, 색색깔의 깃발과 리본과 사슴머리와 장미로 장식된 높이 80피트의 소나무를 베게 했어. "명랑과 우울이 제국을 놓고 겨루고 있었다"—그것이 호손이 이해하는 방식이었어.

메리마운트는 한동안 투기꾼이자 변호사이자 카리스마가 넘치는 특권층 인물인 토머스 모턴이 관장했어. 그는 『뜻대로 하세요』에 나오는 숲의 피조물 같았고, 『한여름 밤의 꿈』에 나오는 난폭한 악마 같았어. 셰익스피어는 모턴과 같은 시대 사람인데, 모턴보다 불과 십일 년 정도 먼저 태어났지. 셰익스피어가 모턴의 로큰롤이라고 보면 돼. 플리머스 청교도들은 모턴을 체포했고, 그다음에는 세일럼 청교도들이 체포했어—차꼬를 채우고, 벌금을 물리고, 옥에 가두었어. 결국 모턴은 메인으로 망명했고, 그곳에서 육십대 후반에 죽었어. 하지만 모턴은 사람들을 도발하지 않을 수 없었어. 그는 청교도들에게 음란한 매혹의 원천이었어. 절대적 경건함을 갖춘 사람이 아닌 한 논리적으로 모턴 같은 사람이 될 수밖에 없기 때문이야. 청교도들은 딸이 이 메리마운트의 명랑한 인종 간 교접자에 홀려 타락할까봐 겁을 먹었어. 처녀들을 꾀어 끌고 가는 백인 남자, 흰 인디언? 그건 붉은 인디언이 처녀를 훔쳐가는 것보다 훨씬 불길했어. 모턴이 그들의 딸을 거터 걸스로 바꾸어놓을 테니까. 그것이 인디언과 거래를 하고 그들에게 화기를 파는 것 외에 모턴의 주요 관심사였으니까. 청교도는 젊은 세대에게 필사적이었어. 젊은 세대를 잃으면 반역사적인 폭압적 불관용 실험이 죽어버리니까. 유서 깊은 미국의 이야기지—젊은이를 섹스에서 구하라. 하지만 그것은 늘 너무 늦어. 젊은이가 이미 태어나 있기 때문에 너무 늦는 거야.

그들은 두 번이나 모턴을 배에 태워 영국으로 보내 불복종으로 재판을 받게 했지만, 영국의 지배계급과 성공회는 뉴잉글랜드의 분리주의자들을 싫어했어. 모턴 사건은 매번 법정 밖으로 내던져졌고, 모턴은 뉴잉글랜드로 돌아갔어. 영국인들은 생각했어, 그가 옳다, 모턴이 옳다—우리도 그와 함께 살고 싶지는 않지만, 그는 누구에게도 강요하지 않고 이 좆같은 청교도들은 제정신이 아니다.

윌리엄 브래드퍼드 총독은 그의 책 『플리머스 식민지에 관하여』에서 메리마운트의 악이 "분방한 방탕" "헤픈 부절제" 등이라고 상세히 적고 있어. "그들은 엄청난 방종에 빠져 방탕한 삶을 영위하며 온갖 불경한 짓에 자신을 쏟아부었다." 모턴 일당을 그는 "미친 바쿠스* 예찬자들"이라고 불렀어. 모턴에게는 "무질서의 영주"이자 "무신론학파"의 두목이라는 낙인을 찍었지. 브

* 로마신화에 나오는 술의 신.

래드퍼드 총독은 강력한 이론가였어. 17세기의 신앙은 문장을 쓸 줄 알았어. 불신앙도 마찬가지였지. 모턴도 인디언 사회에 대한 매혹적인 관찰을 바탕으로 『뉴잉글랜드의 가나안』이라는 책을 냈어—그러나 브래드퍼드에 따르면 악의적인 책이었어. 이 또한 청교도가 "종교는 거창하게 보여주면서 인간성은 보여주지 않는다"는 이야기를 담은 책이기 때문에. 모턴은 솔직해. 모턴은 삭제하지 않아. 토머스 모턴의 목소리가 헨리 밀러의 목소리로, 삭제되지 않은 채로, 다시 미국에 등장하려면 삼백 년은 기다려야 해. 플리머스와 메리마운트, 브래드퍼드와 모턴, 질서와 무질서의 충돌—삼백삼십여 년 뒤에 마침내 모턴의 미국이 탄생할 거라는, 인종 혼합 등 모든 것이 탄생할 거라는 조짐이 식민지 시대에 이미 있었던 거지.

아니, 60년대는 일탈이 아니었어. 와이엇 같은 여자애는 일탈을 한 게 아니었어. 아이는 처음부터 쭉 진행되어온 갈등 속에 자리잡은 타고난 모턴주의자였어. 저 미국의 광야는 질서가 지배하기 마련이야. 청교도는 질서와 거룩한 미덕과 올바른 이성의 대리자였고 반대편에는 무질서가 있었어. 하지만 왜 질서와 무질서일까? 왜 모턴은 무질서의 위대한 신학자가 아닐까? 왜 모턴을 있는 그대로, 개인적 자유의 창시자로 보지 않는가? 청교도 신정神政체제에서는 선한 일을 할 자유가 있었고, 모턴의 메리마운트에서는 자유가 있었어—그게 핵심이었어.

사실 모턴 같은 사람은 많았어. 거룩함이라는 이데올로기가 없는 상업적인 모험가들, 자신이 선택받은 자인지 아닌지 개뿔도 관심 없는 사람들. 그들도 브래드퍼드와 함께 메이플라워호를 타고 건너왔어. 또 나중에 다른 배를 타고 오기도 했지만, 그들이 어떤 일탈도 허락되지 않는 이런 성자와 신자의 공동체를 견디지 못했기 때문에 추수감사절에 그들의 이야기를 들을 수 없는 거야. 미국 최초의 영웅들은 모턴을 억압한 사람들이었어. 엔디콧, 브래드퍼드, 마일스 스탠디시. 메리마운트는 미덕의 유토피아가 아니라 정직의 유토피아 이야기였기 때문에 공식 판본에서는 삭제되었어. 하지만 러시모어 산*에는 모턴의 얼굴을 새겨놓았어야 했어. 달러가 와이엇으로 이름을 바꾸는 바로 그날, 그런 일도 일어날 거야.

나의 메리마운트? 나와 60년대? 글쎄, 나는 비교적 짧았던 그 시기의 무질서를 진지하게 받아들였고, 그 시기의 표어인 해방을 그 완전한 의미대로 받아들였지. 내가 아내를 떠난 게 그 시기야. 정확히 말하자면 내가 거터 걸스와 함께 있는 것을 아내가

* 미국 대통령들의 두상이 조각되어 있는 산.

발견하고 나를 내쫓았어. 그래, 나 말고도 교수진 가운데 머리를 길게 기르고 전위적인 옷을 입는 사람들이 있었지만 그들은 그저 잠깐의 휴가를 즐길 뿐이었어. 엿보는 사람과 당일치기 여행자를 섞어놓은 존재들이었지. 가끔 과감하게 밖으로 나오기도 했지만 참호를 넘어 교전이 벌어지는 곳까지 들어오는 사람은 결코 몇 명을 넘지 않았어. 하지만 나는, 일단 그 무질서의 본질을 알게 되자 그 시기로부터 나 자신의 존재 근거를 찾아내겠다고, 내가 이전에 충성하던 것과 당시에 충성하던 것을 저버리겠다고, 은밀하게 그러지는 않겠다고, 내 또래의 많은 사람들처럼 그것보다 열등한 척하거나 우월한 척하지도 않고 또 그냥 자극만 받지도 않겠다고, 그 대신 이 혁명의 논리를 그 결론까지 좇겠다고, 그러면서도 그 사상자가 되지는 않겠다고 단단히 결심하고 있었어.

그것엔 노력이 필요했어. 미쳐 날뛰다가 불행을 당한 사람들의 이름이 새겨진 기념비가 없다고 해서 사상자가 없었다는 뜻은 아니야. 꼭 살육이 있었다는 말은 아니지만 파손은 꽤 많았지. 그건 위엄 있는 이론적 수준에서 벌어지는 예쁘장한 혁명이 아니었어. 유치하고 터무니없고 통제되지 않는 극단적인 난장이었고, 사회 전체가 거대한 소동에 말려들어 있었어. 물론 희극도 있었지만. 이것은 혁명이면서 동시에 혁명 다음날과 같기도 했어—

커다란 전원시였지. 사람들은 속옷을 벗고 웃음을 터뜨리며 걸어다녔어. 종종 이것은 소극笑劇, 유치한 소극에 불과했지만 놀랍도록 영향이 광범한 소극이었어. 종종 이것은 십대의 전압 급등 현상에 불과하기도 했어. 미국에서 가장 크고 가장 강력한 세대가 동시에 호르몬의 영향에 휩싸인 사춘기였다는 거지. 그럼에도 그 영향은 혁명적이었어. 세상은 완전히 바뀌어버렸어.

보통 대중운동 안으로 들어가지 못하게 막는 회의주의, 냉소주의, 문화적이고 정치적인 양식良識은 유용한 방패였지. 나는 다른 모든 사람들만큼 약에 취하지 않았고 그러고 싶지도 않았어. 내가 할 일이란 혁명을 그 직접적인 부속품으로부터, 그 병적인 장식과 수사적인 어리석음과 사람들을 창에서 뛰어내리게 하는 약학藥學적인 다이너마이트로부터 떼어내는 것, 최악은 비껴가고 그 관념은 포착하여 이용하는 것, 자신에게, 이 얼마나 좋은 기회냐, 나 자신의 혁명을 끝까지 살아보기에 얼마나 좋은 기회냐, 하고 말하는 것이었어. 왜 내가 저 해가 아니라 이 해에 태어났다는 우연 때문에 나 자신의 고삐를 죄어야 하겠어?

나보다 열다섯, 스무 살 어린 사람들, 혁명의 특권적 수혜자들은 그것을 무의식적으로 경험할 여유가 있었어. 열광적인 파티가 열렸고, 혼란으로 이루어진 지저분한 낙원이 있었는데, 그 아이들은 생각도 없이 또는 생각할 필요도 없이 그것을 차지했고,

보통 그러면서 그 하찮은 것들과 쓰레기까지 차지했지. 하지만 나는 생각을 해야 했어. 자, 나라는 사람은 아직 삶의 전성기에 있었고, 이 나라는 특별한 시대로 진입하고 있었어. 나는 이렇게 난폭하고 너저분하고 시끌벅적하게 절연하는 사태, 이 대대적인 과거 파괴에 참여할 후보인가 아닌가? 나는 자유의 무모함과는 대조적인 자유의 규율을 습득할 수 있을 것인가? 자유를 어떻게 체제로 바꿀 것인가?

그 답을 찾아내는 데 비용이 많이 들었어. 나한테는 나를 싫어하는 마흔두 살짜리 아들이 있어. 그 이야기를 할 필요는 없겠군. 요점은 폭도가 몰려와 내 감방 문을 열지는 않았다는 거야. 별난 폭도가 있기는 했지만, 실제로는 나 스스로 문을 열어야 했어. 나 또한 고분고분하고 근본적으로는 좌절한 사람이었기 때문이야. 유부남이면서도 몰래 집을 빠져나와 상대만 있으면 씹을 해대기는 했지만. 그런 종류의 60년대식 구원은 처음부터 내가 생각하고 있었던 것이었지만, 처음에는, 그러니까 나의 처음에는 비슷한 어떤 것에 대한 공동체의 승인 같은 것은 전혀 없었고, 사람을 휙 들어올려 데려가버리는 사회적 격류도 없었어. 오직 장애뿐이었는데, 그런 장애물 가운데 하나가 공민적 본성이었고, 그런 장애물 가운데 하나가 지방에서 출발했다는 것이었고, 그런 장애물 가운데 하나가 혼자서는 들이받을 수 없는 진지하고 품위 있는 관념들 속에 교육을 받았다는 거였어. 내가 자라고 교육받은 궤도 때문에 나는 가정적 소명으로 진입한다는 망상에 빠졌는데, 나는 그 소명을 도저히 견딜 수 없었어. 양심적이고, 유부남이고, 자식을 둔 가정적인 남자—그때 혁명이 시작된 거야. 모든 게 폭발해버리고 내 주위에는 이 여자애들이 그득한데, 어쩌겠어? 계속 결혼한 채로 간통을 하면서, 이거다, 이게 네가 살아갈 어쩔 수 없는 길이다, 하고 생각하란 건가?

내가 내 길을 찾은 것은 숲에서 태어나 야생동물 품에서 자랐고 그래서 자연스럽게 해방을 얻어냈기 때문이 아니야. 나는 이 가운데 어떤 것에 관해서도 약삭빠르게 행동할 수 없게 태어난 사람이었어. 나 역시 하고 싶은 일을 공개적으로 할 권위가 부족했어. 1956년에 결혼한 건 지금 너와 마주보고 앉아 있는 이 남자가 아니었어. 한 사람의 자율성의 영역이 어느 만큼인지 자신 있게 파악하려면 안내가 필요했지만 그것은 어디에서도, 어쨌든 내 작은 세계에서는 찾을 수 없었고, 그래서, 1956년에는 결혼하고 애를 낳는 것이 심지어 나 같은 사람도 해야 하는 자연스러운 일이라고 여겼던 거야.

내가 자랄 때는 성적 영역에 권리라는 게 없었어. 이층으로 몰래 침입해야 했지. 성적 영역에서는 도둑이었던 거야. 슬쩍 '쌔벼서' 느낌을 맛봤지. 섹스를 훔쳤다고. 꾀고, 구걸하고, 비위를 맞추고, 고집을 부렸어—모든 섹스를 싸워서 얻어야 했어. 여자애의 의지와 싸우지 않더라도 가치관과는 맞서야 했어. 너의 의지를 여자애에게 강요해야 한다는 것이 규칙이었어. 여자애는 그런 식으로 자신의 정조라는 아름다운 광경을 유지해야 한다고 배웠어. 끝없이 조르지도 않았는데 보통의 여자애가 자발적으로 규약을 깨고 성적 행동에 나선다면 나는 외려 어리둥절했을 거야. 양성 어느 쪽도 성적 생득권에 대한 감각이 전혀 없었기 때문이야. 미지의 것. 여자애가 너에게 홀딱 반하면 손으로 해주겠다고—그것도 본질적으로는 여자 손을 중간에 끼우기만 하고 네 손을 사용하는 것이었지만—동의할 수도 있지만, 어떤 여자애가 심리적 포위 공격, 끈질긴 편집증적 집요함과 권유라는 제의祭儀 없이 어떤 것에 동의한다는 것, 글쎄, 그것은 생각할 수 없는 일이었어. 물론 초인간적 인내심의 도움을 받지 않으면 입으로 빨아주는 것은 있을 수도 없는 일이었고. 나는 대학 사 년 다니는 동안 딱 한 번 받아봤어. 그게 허용된 전부였지. 나는 40년대에 우리 가족이 자그마한 리조트 호텔을 운영하는 캐츠킬 촌동네에서 성년에 이르렀는데, 거기서 합의에 의한 섹스를 하는 유일한 방법은 매춘부와 하거나 아니면 네 인생의 절반 이상 너의 여자였기 때문에 모두가 너와 결혼할 거라고 짐작하는 여자와 하는 것뿐이었어. 그리고 진짜로 그 여자와 결혼하는 일이 아주 흔했으니 실제로 빚을 갚았던 셈이야.

우리 부모님? 그 사람들은 그냥 부모였지. 나는 감성 교육을 받았어, 정말이야. 아버지가 어머니의 강요에 못 이겨 마침내 나와 섹스에 관해 토론해야 했을 때 나는 열여섯이었어. 그때가 1946년이었지. 나는 아버지가, 1898년에 로어이스트사이드 셋집에서 태어난 이 유순한 영혼이 나에게 무슨 이야기를 해야 할지 몰라 쩔쩔매는 것에 혐오감을 느꼈어. 아버지가 나한테 하고 싶었던 이야기는 주로 그 세대의 이해심 많은 유대인 아버지에게서 보통 나올 만한 것이었어. "너는 복숭아고, 너는 자두야. 너는 네 인생을 망칠 수도 있다……" 물론 아버지는, 모두와 씹을 하는 동네의 헤픈 여자애한테서 내가 이미 성병에 옮았다는 걸 알지 못했지. 그 아득한 옛날의 부모 이야기는 이 정도로 끝내기로 하자고.

봐, 결혼을 하는 이성애자 남자는 교회에 몸담는 사제와 같아. 이들은 순결 서약을 해. 그런 사실을 모르는 채로 삼, 사, 오 년이 흘러가는 듯하지만 속으로야 모를 리가 있나. 게이나 레즈비언과 마찬가지로, 힘이 넘치는 이성애자에게도 평범한 결혼의 본질은 숨막히는 것이거든—힘이 넘치는 이성애자의 성적 선호를 고려할 때 말이야. 물론 지금은 게이도 결혼을 원하지만. 교회 결혼식. 증인을 이삼백 명 모아놓고 하는. 그런 뒤에 애초에 그들을 게이로 만들었던 욕망이 어떻게 되는지 보일 때까지 기다리는 거지. 나는 그 친구들한테는 더 큰 걸 기대했는데 알고 보니 그 친구들에게서도 현실주의는 찾아볼 수가 없어. 물론 난 그게 에이즈와 관계가 있다고 생각하기는 하지. '콘돔의 쇠퇴와 부흥'은 20세기 후반의 성적인 이야기를 요약하고 있어. 콘돔이 돌아왔잖아. 콘돔과 더불어 60년대에 날아가버렸던 것들이 모두 돌아왔어. 어떤 남자가 콘돔을 끼고도 그걸 끼지 않을 때와 똑같이 섹스를 즐긴다고 말할 수 있을까? 정말이지 남자에게 그게 무슨 득이 될까? 그래서 우리 시대에 소화기관이 섹스용 구멍과 우위를 놓고 경쟁하게 된 거야. 점액성 막에 대한 긴급한 요구 때문에 말이야. 콘돔을 없애려면 고정적인 파트너가 있어야 하고, 그래서 결혼을 하는 거야. 게이들은 전투적이야. 그들은 결혼을 원하고 공개적으로 입대하고 받아들여지기를 원해. 내가 혐오한 두 제도에. 혐오의 이유는 똑같아—규격화.

이런 문제를 절대 진지하게 받아들이지 않을 사람이 있다면 그건 삼백오십 년 전의 존 밀턴이야. 이혼에 관한 밀턴의 소책자를 읽어본 적 있어? 그것 때문에 밀턴 생전에 적도 많이 생겼지. 소책자는 여기 있어, 내 책들 사이에. 60년대에 그 여백에 메모도 빽빽하게 해놓았지. "우리 구주가 이 위험하고 우연적인 결혼의 문을 우리에게 연 것은 그 문이 죽음의 문처럼 우리에게 닫히도록 하려는 것이었을까……?" 아니, 사람들은 자신이 시작하는 일의 힘겹고 비극적인 면에 관해 아무것도 몰라—아니면 기꺼이 모르는 것처럼 행동해. 기껏해야 금욕적으로 이렇게 생각해, 그래, 조만간 이 결혼에서 섹스를 단념하게 될 거라는 걸 안다, 하지만 그건 더 가치 있는 다른 일들을 위해서다. 하지만 자기가 뭘 버리는지 알고 있는 걸까? 순결하게 산다면, 섹스 없이 산다면, 그래, 그 패배, 타협, 좌절을 어떻게 받아들일 거야? 돈을 더 벌어서, 벌 수 있는 돈을 모두 벌어서? 낳을 수 있는 모든 자식을 낳아서? 그것도 도움이 돼. 그래도 버린 것과 비교가 되진 않아. 버린 것은 신체에, 태어난 살과 죽는 살에 기반을 두고 있기 때문이야. 오직 섹스를 할 때만 인생에서 싫어하는 모든 것과 인생에서 패배했던 모든 것에 순간적으로나마 순수하게 복수할 수 있기 때문이야. 오직 그때에만 가장 깨끗하게 살아 있고 가장 깨끗하게 자기 자신일 수 있기 때문이야. 부패한 건 섹스가 아니야—섹스 아닌 나머지가 부패한 거야. 섹스는 단순히 마찰과 얕은 재미가 아니야. 섹스는 죽음에 대한 복수이기도 해. 죽음을 잊지 마. 절대 그걸 잊지 마. 그래, 섹스도 그 힘에 한계가 있어. 나도 한계가 있다는 걸 아주 잘 알아. 하지만 말해봐, 섹스보다 큰 힘이 어디 있어?

어쨌든, 캐럴린 라이언스, 거의 이십오 년 만이었고 15킬로그램은 무거워졌어. 나는 이 여자의 옛날 크기를 사랑했지만 곧 새 크기, 늘씬한 몸통을 받침이 지탱하는 기념비 같은 모습도 그대로 좋아하게 되었어. 나는 가스통 라셰즈*라도 된 것처럼 그 몸이 나에게 주는 영감을 가만히 받아들였어. 이 여자의 널찍한 둔부와 묵직한 허벅지는 내게 그 안에 뭉쳐져 있는 모든 여성적인 것에 관해 말해주었어. 또 이 여자가 내 밑에서 움직이는 것, 그 흥분의 은근함은 또하나의 목가적 비유의 영감이 되었지—부드럽게 넘실거리는 들판에서 쟁기질을 하는 것. 학부생 꽃인 캐럴린에게는 가루받이를 하고 마흔다섯의 캐럴린에게는 경작을 하는 거지. 굽이치는 옛 상반부와 듬직한 새로운 하반부의 불균형은 이 여자에 대한 나의 인식 전반에서 벌어지는 흥미로운 긴장을 그대로 복제하고 있었어. 나에게 이 여자는 수업 시간에 그칠 줄 모르고 손을 드는 영리하고 예민하고 과감한 개척자, 집시 복장으로 돌아다니는 반대파, 저멀리 1965년에는 모든 답을 알고 있던, 제이니 와이엇의 가장 분별력 있는 짝패, 그리고 이제 중년이 되어 상대를 압도할 만한 잠재력을 갖춘 독단적인 기업 임원이 흥미롭게 섞여 있는 존재였어.

* 프랑스 출신의 미국 조각가.

시간이 흘렀고 사제 간의 금지된 관계라는 온실 속의 열정이 현재 순간의 허용 가능한 쾌락의 불을 지피는 게 끝나면서 우리 만남에서 노스탤지어의 매력도 바닥났을 거라고 너는 예상했을지도 모르겠어. 하지만 일 년이 지나도 그런 일은 일어나지 않았어. 편안함과 차분함, 또 옛 팀원들 사이의 게임이 속개되는 데에 따라올 수밖에 없는 육체적 신뢰 때문에, 또 거기에 캐럴린의 현실주의—충분히 예측할 수 있는 일이지만 어른이 되면서 겪은 수모로 인해 높은 자격을 갖추고 낭만적 기대감을 품은 중상층 여자애가 받아들일 수밖에 없었을 균형 감각—때문에 나는 콘수엘라의 젖가슴을 두고 미친듯이 법석을 떠는 것에서는 받을 수 없는 보답을 얻게 되었어. 우리가 저녁에 침대에서 보내는, 허튼짓은 찾아볼 수 없는 조화로운 시간—휴대전화로 황급히, 캐럴린이 출장을 갔다가 케네디 공항에 도착할 때에 맞추어 약속하는—은 이제 콘수엘라 이전의 내 자신감과 만날 수 있는 유일한 접점이었어. 여자로서 검증되고 자제력을 갖추고 살아남았기 때문에 이제 캐럴린이 아주 믿음직하게 제공할 수 있는 솔직한 포만감이야말로 이때 내게 가장 필요한 것이었어. 우리 둘은 각자 정확하게 우리가 원하는 것을 얻고 있었어. 이 공동 사업, 우리의 성적 파트너 관계는 우리 둘 다에게 이익을 주었어. 여기에는 캐럴린의 산뜻한 임원적 태도의 색깔이 강하게 배어 있었지. 쾌락과 평정이 결합되어 있었어.

그러다가 콘수엘라가 내가 지켜보는 가운데 내 욕실에 서서 탐폰을 빼고 한쪽 무릎을 다른 쪽을 향해 살짝 구부린 상태로, 만테냐의 성 세바스티아누스처럼 허벅지를 따라 피를 뚝뚝 떨어뜨리는 밤이 찾아왔어. 전율이 일었을까? 내가 기뻤을까? 매혹되었을까? 물론이지. 하지만 동시에 나는 어린애가 된 느낌이었어. 그 아이한테 최대한을 요구하고 나섰던 건데 아이가 부끄러운 줄 모르고 따르자 나는 다시 겁을 집어먹고 만 거야. 아무리 보아도—아이의 이국적이고 사무적인 태도에 완전히 기가 꺾이고 싶지 않으면—무릎을 꿇고 혀로 깨끗이 핥아줄 수밖에 없을 것 같았어. 아이는 아무 말도 하지 않고 그렇게 하도록 내버려두었어. 그렇게 나를 더 작은 아이로 만들었어. 이 대책 없는 성격. 자기 자신이 되는 어리석음. 누군가가 된다는 피할 수 없는 희극. 새롭게 지나친 행동을 할 때마다 나는 더 약해졌어—만족할 줄 모르는 인간이 달리 어쩌겠어?

아이의 표정? 나는 아이 발치에 있었어. 바닥에 있었지. 얼굴이 젖을 빠는 갓난아기처럼 아이의 살에 찰싹 달라붙어 있었기 때문에 아이 얼굴은 전혀 보지 못했어. 하지만 말했다시피, 아이가 겁을 먹었을 거라고 생각하지는 않아. 콘수엘라에게는 감당해야 할 압도적인 새로운 감정이 없었어. 우리가 일단 연인으로

서 예비 단계를 통과하자 아이는 자기 나신이 나를 자극한 결과가 어떤 것이든 아주 수월하게 소화해낼 수 있는 듯했어. 조지 오헌 같은 유부남이 아침 여덟시에 공공장소에서 옷을 다 입은 젊은 여자에게 키스를 하는 것은 아이에게 말도 안 되는 일이었어—그런 것은 콘수엘라에게 혼돈이었어. 하지만 이것은? 이건 그냥 새로운 오락이었어. 이것은 그냥 아이에게 찾아오는 거였어. 아이는 육체의 운명을 그렇게 가뿐하게 여겼어. 물론 무릎을 꿇은 문화의 권위자가 보이는 관심도 아이가 자신을 하찮게 여기지 않는 데 도움을 주었겠지. 콘수엘라는 평생에 걸쳐 남자아이들에게 유혹적이었고, 평생에 걸쳐 가족의 사랑을 받았고, 평생에 걸쳐 아버지의 귀염을 받았기 때문에, 침착, 평정, 일종의 조각상 같은 냉정은 아이의 극적인 행동의 본능적 형식이었어. 어떻게 된 일인지 콘수엘라는 거의 모든 사람이 가질 수밖에 없는 어색함을 면제받고 있었던 거야.

그게 목요일 밤이었어. 금요일 밤에 캐럴린이 공항에서 바로 나에게로 왔고, 토요일 아침에 내가 식탁에 앉아 아침을 먹고 있는데 캐럴린이 샤워를 마친 뒤 내 테리 직물 가운을 입고 화장지에 반쯤 싸인 피 묻은 탐폰을 손에 든 채 부엌으로 쿵쿵 걸어들어왔어. 그 여자는 먼저 그것을 나에게 보여준 다음 나를 향해 내던졌어. "다른 여자들하고 붙어먹고 있군요. 진실을 말해요." 캐럴린이 말했어. "그러면 저는 갈게요. 이건 마음에 들지 않아요. 전남편 둘이 다 다른 여자들하고 붙어먹었어요. 그때도 마음에 안 들었고 지금도 마음에 들지 않아요. 특히 선생님의 경우는. 선생님은 저하고 지금 이렇게 특별히 연결되어 있는데—그런데 이런 짓을 하다니. 원하는 대로 모든 걸 다 갖고 있는데—가정이라는 것 바깥에서 또 로맨스 바깥에서 우리가 이처럼 붙어먹고 있는데—그런데도 이런 짓을 하다니. 저 같은 사람 많지 않아요, 데이비드. 저는 선생님이 관심을 가지는 것에 관심을 가지고 있다고요. 저는 뭐가 뭔지 이해한다고요. 조화로운 쾌락주의. 저는 백만 명 가운데 한 명 있을까 말까 한 사람이에요, 멍청이—그런데 어떻게 이런 짓을 할 수가 있어요?" 이 여자는 깨부술 수 없는 역사적 요구에서 힘을 얻는 아내처럼 화가 나서 말하지 않고, 논란의 여지 없는 에로스의 우월성을 바탕으로, 평판 좋은 고급 창부처럼 말했어. 그 여자는 그렇게 할 권리가 있었지. 대부분의 사람들이 자기 이력 가운데 최악의 것을 들고 침대로 오는 반면 캐럴린은 오직 최고만 들고 왔으니까. 아니, 이 여자는 화가 난 게 아니었어. 그녀는 수모와 패배를 느꼈어. 또 한번 그녀의 풍성한 성적 매력이 또 한 명의 가치 없고 만족을 모르는 남자에 의해 충분치 못한 것으로 여겨졌기 때문에. 그 여자는 말했어. "저는 선생님하고 말다툼할 생각 없어요. 저는 진실을 원하고, 그럼 선생님은 두 번 다시 저를 보지 않게 될 거예요."

나는 가능한 한 차분해지려고 애쓰면서, 그냥 약간의 호기심 때문에 여자한테 물었어. "그걸 어디서 찾았어?" 탐폰은 이제 부엌 탁자에, 버터 접시와 찻주전자 사이에 놓여 있었지. "욕실에서. 쓰레기통에서." "글쎄, 난 그게 누구 거고 어떻게 거기에 가 있는지 몰라." "베이글에 얹어서 먹지 그러세요?" 캐럴린이 말했어. 내가 대답으로 한 말은 이것뿐이었어. "그렇게 해서 네가 행복해진다면 기꺼이 그러지. 하지만 그게 누구 건진 몰라. 먹기 전에 누구 건지나 알아야 할 것 같아." "이건 참을 수 없어요, 데이비드. 화가 치밀어요." "짚이는 게 있어. 이렇게 된 건지도 모르겠어. 내 친구 조지한테 이 아파트 열쇠가 있어. 그 친구는 퓰리처상을 타서 낭독회를 하고, 뉴스쿨에서 가르치고, 여자들, 젊은 애들을 만나고, 만나는 모든 사람하고 자. 당연히 마누라와 자식 넷이 있는 집에 여자를 데려갈 수는 없는 노릇이고, 뉴욕에서 호텔방 잡는 게 때때로 불가능할 수도 있으니까, 또 어차피 늘 돈이 쪼들리니까, 그리고 많은 경우 여자들이 유부녀라 여자들 집으로 갈 수도 없으니까"—거기까지는 내가 한 모든 말이 진실이었어—"가끔 여기로 데려와."

하지만 그건 진실이 아니었어. 그것은 전에 오랜 세월에 걸쳐 어떤 여자가 부주의 때문이든 고의로든 집에 두고 간, 범죄의 증거가 될 만한 개인 소지품—물론 그렇게 원초적인 것은 한 번도 없었지만—이 발견되었을 때 나 자신을 구해주었던 내구력이 좋은 거짓말이었어. 평범한 난봉꾼의 내구력 좋은 거짓말. 그게 자랑할 건 아니지만 말이야.

"그러니까," 캐럴린이 말했어. "조지가 선생님 침대에서 그 모든 여자들하고 붙어먹는다는 거네요." "모두는 아니고, 일부는 그렇지. 손님방 침대를 써. 내 친구니까. 그 친구 결혼이 낙원은 아니거든. 그 친구를 보면 내 결혼 시절이 생각나. 조지는 일탈을 할 때에만 순수를 느껴. 그 친구는 순종적인 면 때문에 병에 걸릴 지경이지. 그런데 어떻게 안 된다고 해?" "선생님은 그러기에는 너무 꼼꼼해요, 데이비드. 그러기에는 너무 질서정연해요. 선생님이 하고 있는 말을 한마디도 믿을 수 없어요. 선생님 인생의 모든 게 바로 그래요, 모든 게 미리 생각해둔 거고, 모든 게 의도적이고……" "그렇다면, 그것만으로도 너는 믿어야……" "누군가 여기 있었어요, 데이비드." "아무도 없었어," 나는 말했어. "나하고는. 나는 정말이지 그 탐폰이 누구 건지 몰라." 격하고 긴장된 상황이었으나 면전에 대고 대뜸 거짓말을 해버림으로써 나는 살아남았고, 다행히도 그 여자는 나에게 그 여자가 가장 필요하던 그때에는 나를 떠나지 않았어. 그 여자는 나중에, 나의 요청으로 떠났어.

미안해, 저 전화는 받아야 해서. 꼭 받아야 해. 실례……

너무 오래 자리를 비워 미안해. 기다리던 전화도 아니었는데. 이렇게 혼자 둬서 미안하지만 내 아들이었어. 아들은 지난번에 만났을 때 내가 한 모든 말에 지금까지도 얼마나 모욕감을 느끼고 있는지 모른다고 말하려고 전화한 거야. 물론 나는 아이가 쓴 성난 편지도 받았어.

자, 나는 한 번도 우리가 쉬울 거라고 생각해본 적이 없고, 내가 아는 한 아들은 굳이 부추기지 않아도 나를 미워하기 시작했을지 몰라. 나는 그게 어려운 탈출이라는 것을 알고 있었고, 또 오직 나 혼자만 담을 넘을 수 있다는 것도 알고 있었어. 아들을 데리고 나왔다면, 그게 가능했다 해도, 아들이 여덟 살이었으니까 말이 안 되는 일이었을 거고 나는 내가 원하는 대로 살 수 없었을 거야. 나는 아들을 배신해야 했고, 그 때문에 용서를 받지 못하고 있고 앞으로도 절대 용서받지 못할 거야.

바로 작년, 마흔둘의 나이에 아들은 간통자가 되었어. 그 이후로 예고 없이 이 집 문간에 나타나기 시작했어. 밤 열한시, 열두시에도, 새벽 한시, 심지어 두시에도, 인터콤에 아들이 나타나. "저예요. 올려보내주세요. 들여보내달라고요." 아들은 자기 부인과 싸우고 집을 뛰쳐나와 차에 올라타고는 본의 아니게 여기로 오고 마는 거야. 아들이 성장한 뒤에는 몇 년 동안 계속 보지도 않고 지냈어. 몇 달씩 전화 통화조차 없이 지냈지. 그러니 처음에 한밤중에 찾아왔을 때 내가 얼마나 놀랐을지 상상할 수 있겠지. 여기엔 웬일이냐, 내가 물어. 아들은 곤경에 처했대. 위기에 처했대. 괴로워하고 있대. 왜? 아들에게는 여자친구가 있거든. 그 무렵 부하 직원이 된 스물여섯 살짜리 젊은 여자야. 아들은 손상된 미술품을 복원하는 작은 회사를 경영해. 그게 퇴직하기 전까지 그 아이 어머니가 하던 일이기도 해. 미술품 관리인. 아들은 뉴욕 대학에서 박사학위를 받은 뒤 자기 어머니의 분야로 들어가 어머니와 함께 일했고, 이제는 사업이 아주 잘되어서 소호의 로프트에 직원이 열여덟 명이나 있어. 미술관 일이 많고, 개인 수집가, 경매장 쪽, 또 소더비*의 컨설턴트 등의 일이 있어. 케니는 몸집이 크고 잘생긴데다 옷차림은 흠잡을 데 없고 말에는 권위가 있고 글을 영리하게 쓰고 프랑스어와 독일어로 편하게 대화를 해—저기 미술계에서는 분명히 인상적인 존재일 거야. 하지만 나한테는 그렇지 않아. 케니의 고통의 뿌리엔 나의 결함이 있어. 아이는 내 근처에만 오면 안의 상처에서 피가 흐르기 시작해. 일터에서 케니는 적극적이고 건강하고 건실하고 어

* 세계적인 경매 전문 기업.

떤 면으로도 빠지는 데가 없지만, 내가 입만 열면 아이 내부의 모든 강한 것이 마비되어버려. 아이를 유능하게 만드는 모든 것을 무너뜨리려면 아이가 말하는 동안 나는 그냥 입만 다물고 있으면 돼. 나는 그 아이가 이길 수 없는 아버지, 옆에만 있으면 힘이 다 꺾여버리는 아버지야. 왜? 아마 내가 옆에 없었기 때문일 거야. 나는 옆에 있지 않으면서 공포를 자극했어. 옆에 있지 않으면서 너무나도 의미가 가득했어. 나는 아들을 실망시켰어. 그만하면 차분한 관계를 불가능하게 만들 충분한 이유가 되지. 우리의 역사엔 모든 장애의 책임을 아버지 발치에 갖다 바치려는 자식의 본능을 방해할 것이 전혀 없었어.

나는 케니의 카라마조프 아버지이고, 케니는, 사랑의 성자는, 늘 제대로 행동해야 하는 그 인간은 나와 함께 있으면 자신이 부당한 일을 당했거나 존속살해를 하고 싶은 마음이 든다고 느껴. 자신이 모든 카라마조프 형제들을 하나로 합친 존재이기라도 한 것처럼. 나는 아이에게 그런 기반, 괴물 같은 힘이야. 부모는 자식들의 마음에서 전설적인 역할을 하는데 내게 주어진 전설이 도스토옙스키적이었다는 것을 나는 멀리 70년대 후반, 케니가 프린스턴 2학년생일 때 쓴 소논문, 『카라마조프가의 형제들』에 관한 A학점짜리 소논문 사본을 우편으로 받아봤을 때부터 알고 있었어. 그 책이 케니 자신의 환경에 대한 과장된 환상 역할을 한다는 것을 어렵지 않게 파악할 수 있었지. 케니는 읽는 모든 것이 개인적 의미를 지니게 되어, 문학과 밀접한 관련이 있는 다른 모든 것은 제거해버리게 되는 그런 과열된 아이 가운데 하나였어. 케니는 그 무렵 우리의 소원한 관계에 완전히 몰두해 있었고, 따라서 불가피한 일이지만 그 소논문의 초점은 아버지였지. 타락한 호색가. 고독한 늙은 바람둥이. 어린 여자애들을 거느리는 늙은이. 집에 헤픈 여자들의 하렘을 구축한 위대한 어릿광대. 기억할지 모르지만 첫아이를 버리는 아버지는 자식들을 모두 무시하기 마련인데, 도스토옙스키는 "자식은 그의 방탕에 방해가 되었을 것이기 때문"이라고 했어. 『카라마조프가의 형제들』을 안 읽었어? 창피스러운 아버지의 방탕하고 사악한 면을 재미있게 그려낸 걸 보기 위해서라도 그 책은 꼭 읽어야 돼.

사춘기 시절에 케니가 괴로워하며 나를 찾아올 때마다 문제는 늘 똑같았어. 지금도 마찬가지야. 스스로를 까다로울 정도로 곧은 사람이라고 생각하고 있는데 뭔가가 그걸 위협한 거야. 나는 이런저런 방법으로 아이가 그런 경직된 생각을 누그러뜨리기를, 조금 부드럽게 다듬기를 권했지만, 그럴 때마다 아이는 격분해서는 몸을 돌려 다시 자기 어머니에게 달려가곤 했어. 아이가 열세 살이 되어 고등학교를 다니기 시작하고 외모나 목소리가 아이 태를 벗기 시작할 때, 내가 캐츠킬의 우리 부모님 호텔에서 멀지 않은 곳에 세를 얻은 집에서 여름 동안 함께 지내지 않겠느냐고 물었던 게 기억나. 오월의 오후였고 우리는 야구장에서 메츠의 시합을 보고 있었어. 우리가 함께 보내는 또 한번의 고통스러운 일요일이었지. 아이는 그 초대가 너무 분해 시어 구장의 남자화장실로 달려가 토하고 말았어. 옛 시절, 구세계에서, 아버지들은 아들을 창녀촌에 데려가 섹스에 입문시키곤 했는데, 마치 내가 그런 제안을 하기라도 한 것 같았어. 아이가 토한 것은 자기가 나와 함께 있을 때 내 여자들 중 하나도 같이 있게 될지 모른다고 생각했기 때문이야. 어쩌면 둘. 어쩌면 그 이상. 아이의 머릿속에서 내 집은 다름 아닌 창녀촌이었기 때문이지. 하지만 아이의 구토는 나에 대한 역겨움보다는 오히려 자신의 역겨움에 대한 역겨움의 증거였어. 왜? 아이가 간절히 원하는 것 때문이지. 분노하고 실망한 아버지와 함께라 하더라도 아버지와 함께하는 그 순간이 너무 강력하고 아버지에 대한 갈망이 너무 컸기 때문이지. 케니는 아직은 곤경에 처한 무력한 아이였어. 아이가 깐깐한 인간으로 변신해 불로 상처를 지지기 전의 일이니까.

대학 마지막 해에 케니는 학교 여학생을 임신시켰을지도 모른다고 생각했는데, 그 생각은 맞는 것으로 확인되었어. 아이는 처음에는 너무 놀라 자기 어머니에게 말을 하지 못하고 나에게 왔어. 나는 설사 그 여자아이가 실제로 임신한 것으로 판명난다 해도 결혼할 필요는 없다고 안심시켰지. 때는 1901년이 아니었으니까. 만일 여자아이가 아기를 낳겠다고 결심한다면, 이미 그렇게 고집을 부리고 있었지만, 그러면 그것은 여자아이의 선택이지 케니의 선택은 아니었어. 나는 선택 지지자*였지만, 그렇다고 그게 케니를 상대로 한 여자아이의 선택을 지지한다는 건 아니었지. 나는 케니더러 여자아이에게 너는 스물한 살이고 이제 막 대학을 졸업하려 하고 있어서 아이를 원하지도 않고, 아이를 부양할 수도 없고, 어떤 식으로든 아이를 책임질 생각도 없다는 점을 최대한 자주 일깨워주라고 강하게 말했어. 만일 여자아이가 스물한 살에 혼자서 그 책임을 지겠다고 한다면 그건 그 아이가 그 아이 자신만을 상대로 내리는 결정이라는 거였지. 나는 케니에게 낙태 비용을 대주겠다고 했어. 내가 뒤에 있으니 굴복하지 말라고 했어. "하지만 그애가 마음을 바꾸지 않으면요? 그애가 단호하게 거부하면요?" 케니는 물었고, 나는 여자아이가 정신을 차리지 못한다면 스스로 그 결과를 감당하며 살 수밖에 없다고 말해줬지. 아무도 너에게 네가 하고 싶지 않은 일을 하게 할 수는 없다는 점을 일깨워줬어. 나는 나 자신이 실수를 하려던

* pro-choice. 말 그대로는 선택 지지로 풀이되며, 보통 여자의 선택 지지, 즉 임신중절 지지의 뜻으로 쓰인다.

순간에 어떤 강한 사람이 나에게 이야기해주지 않은 게 아쉽다고 말했어. "우리 나라 같은 나라에 살 때, 주요 문건이 거의 모두 해방에 관한 것이고 모두 개인적 자유를 보장하는 방향을 가리키고 있는 나라에 살 때, 네 행동이 합법적인 한 네가 어떤 행동을 하든 기본적으로 무관심한 자유로운 체제에 살 때, 너에게 닥치는 불행은 너 스스로 자초한 것이기 십상이야. 네가 나치 점령하의 유럽에 살거나 공산주의자가 지배하는 유럽에 살거나 마오쩌둥의 중국에 산다면 이야기가 다르겠지. 그런 곳에서는 그들이 네가 당할 불행을 만들어내니까. 한 걸음도 헛디디지 않아도 아침에 절대 눈을 뜨고 싶지 않은 상황이 찾아오니까. 하지만 여기, 전체주의가 없는 곳에서는 너 같은 사람은 스스로 자신의 불행을 만들어내기 마련이야. 더욱이 너는 똑똑하고 표현이 분명하고 잘생기고 교육을 잘 받았어—이런 나라에서 넌 잘살게 되어 있어. 여기에 잠복하고 있는 유일한 압제자는 관습인데, 이 또한 경시하면 안 돼. 아직 읽지 않았다면 토크빌*을 읽어봐라. 토크빌은 낡지 않았어. '사람들이 똑같은 체를 통과해야 한다'는 주제로 보자면 낡지 않았어. 요는 관습이라는 차꼬를 피하려면 네가 비트족이나 보헤미안이나 히피가 되는 기적이 일어나야

* 프랑스의 정치가이자 역사가. 『미국의 민주주의』를 썼다.

한다고 생각하지 말라는 거야. 성공적으로 관습에서 벗어나는 데에는 네 기질이나 가정교육과 어울리지 않는 과장된 행동이나 괴상한 옷이 필요하지 않아. 전혀 그렇지 않아. 네가 할 일은, 켄, 네 힘을 찾는 것뿐이야. 너한테는 그럴 힘이 있어. 그럴 힘이 있다는 걸 내가 알아—오직 새로운 형태의 곤경이 나타날 때만 그 힘의 동원이 불가능해져. 구호나 검토되지 않은 규칙의 협박을 넘어 영리하게 살고 싶으면 너 자신의 것을 발견하기만 하면 돼……" 기타 등등, 기타 등등. 독립선언서. 권리장전. 게티즈버그연설. 노예해방선언. 연방헌법 수정 제14조.* 남북전쟁 헌법 수정 조항 세 개** 모두. 나는 케니와 함께 모든 것을 검토했어. 아이를 위해 토크빌을 찾아주었어. 나는 아이가 스물한 살이 되니 드디어 우리가 이야기를 할 수 있구나, 하고 생각했어. 나는 폴로니어스***보다 더 폴로니어스 같았어. 결국 내가 케니에게 말하던 것은 그렇게 과격한 게 아니었어. 1979년에는 당연히 과격한 것이 아니었지. 그전에 내가 그걸 나 자신의 머리에 두드려넣을 필요가 있었던 때에도 그렇지 않았을 거야. 자유 안에서 잉태되다****—그것은 그저 훌륭한 미국적 상식이었어. 하지만 내가

* 노예의 시민권을 보장한 1866년 수정 조항.

** 해방된 흑인의 평등을 보장하기 위한 헌법 수정 조항들.

*** 셰익스피어의 희곡 『햄릿』에 나오는 오필리아의 교훈적인 아버지.

말을 끝냈을 때 케니가 어떻게 했을까? 아이는 나에게 여자아이의 뛰어난 자질을 모두 나열하기 시작했어. 그래서 내가 물었지. "네 자질은 어쩌고?" 하지만 케니는 내 말을 듣는 것 같지 않았어. 그냥 다시 그 여자아이가 얼마나 똑똑한지, 얼마나 예쁜지, 얼마나 재미있는지 이야기하기 시작했고, 여자아이의 훌륭한 집안 이야기를 했어. 그러더니, 두 달 뒤 그 아이와 결혼했어.

나는 개인의 주권을 주장하는 것에 대해 순수하고 도덕적인 젊은 남자가 제시할 수 있는 이의를 모두 알고 있어. 자신의 주권을 내세우지 않는 것에 갖다붙이는 훌륭한 딱지를 모두 알고 있다고. 그래, 케니가 곤경에 처하는 것은 어떤 대가를 치르든 자신은 훌륭한 사람이 되어야 하기 때문이야. 그 아인 여자가 자기에게 그렇지 않다고 말하는 것에 대한 두려움 속에서 살아가. '이기적'이라는 말에 그애는 무능해져. 이런 이기적인 새끼. 케니는 그런 판결을 무서워하고 그래서 그런 판결이 케니를 지배하게 되는 거야. 그래, 무엇이 되었든 케니는 훌륭한 일을 할 거라고 믿어도 좋아. 그렇기 때문에 그 아이의 맏아들 토드가 고등학교에 들어간 뒤 내 며느리가 아이를 더 낳아야 한다고 하자 다음 육 년 동안 세 번이나 더 아버지가 되었던 거야. 케니가 아내

**** 링컨의 게티즈버그연설에 나오는 구절.

에게 정이 뚝 떨어진 바로 그 시점에 말이야. 케니는 너무 훌륭해서, 아내를 떠나 여자친구에게 갈 수 없고, 여자친구를 떠나 아내에게 갈 수도 없고, 물론 어린 자식들을 떠나지도 못해. 누가 알겠어, 그래서 자기 어머니를 떠나지 못하는 건지. 케니가 떠날 수 있는 사람은 나 하나야. 아이는 줄줄이 나열할 만한 원한을 품으며 성장했고, 그래서 나는 이혼한 직후 몇 년 동안 동물원에서, 영화관에서, 야구장에서 내 입장을 변호해야만 했고, 나는 그 아이 엄마가 말하는 그런 사람이 아니라는 것을 보여줘야만 했어.

하지만 그런 변호는 그만두었지. 나는 실제로 그 아이 엄마가 말하는 그런 사람이었으니까. 케니는 그 여자의 피조물이었고, 그래서 나는 아이가 대학에 갈 무렵부터는 그 아이에게 구역질을 일으키는 사람을 더 옹호하지 않기로 했어. 케니로서는 전혀 방어할 도리가 없는 여성적 요구가 나에게도 있는 척 가장하고 싶지 않았기 때문에 그런 변호를 그만둔 거야. 여성적 요구의 파토스에 내 아들은 아주 잔인하게 중독되어 있었거든. 케니가 자기 어머니와 단둘이 살면서 그런 낡은 중독—그런데 이런 중독 때문에 여자가 의존적이던 시절에는 모든 훌륭한 남자가 노예가 되었던 거야—에 빠져들어가고 있던 그 시절에 케니와 나는 늘 여름 두 주 동안은 내 부모님의 작은 호텔에서 보냈어. 내 부모님이 아이를 떠맡아준 덕분에 나는 한숨 돌릴 수 있었지. 내 부모님은 모든 가족적인 일에 굶주려 있었던 반면, 케니와 나는 우리의 역사 때문에 그런 일은 시작도 할 수 없었거든. 하지만 그분들이 사라지자, 케니가 대학원에 가고 결혼을 하고 아버지가 되자…… 그래도 자식이 태어날 때는 늘 나한테 전화를 해주었지. 나에 대한 아이의 감정을 생각하면 친절한 행동이었어. 내가 졌다는 건 물론 오래전에 알고 있었어. 하지만 케니도 졌어. 내가 나라는 사람이었다는 사실의 영향은 장기적이었던 거야. 이런 가정적 재난은 왕조적이야.

그러다 갑자기 한 달에 한 번, 여섯 주에 한 번, 케니는 자신을 중독시키는 것을 내가 있는 곳에 배출하러 와. 아이의 눈에는 공포가 있고, 심장에는 분노가 있고, 목소리에는 피로가 있어. 우아한 옷조차 이제는 꼭 맞지 않아. 아내는 여자친구 때문에 불행하고 화를 내고, 여자친구는 아내 때문에 불평하고 원한을 품고, 아이들은 겁을 집어먹고 자다가 소리를 질러. 부부의 섹스, 아이가 금욕적으로 수행하던 가증스러운 의무에 관해서 말하자면 그것은 이제 그의 인내로도 불가능한 것이 되었어. 말다툼이 난무하고, 과민대장증후군이 난무하고, 회유가 난무하고, 협박이 난무하고 역협박도 난무해. 하지만 내가 "그런데 왜 떠나지 않는 거야?" 하고 물으면, 케니는 떠날 경우에는 가족이 파괴될 거라고 대답해. 아무도 살아남지 못할 거고, 모두가 무너질 거고, 사방에서 고통이 극심할 거래. 그래서 모두가 다른 모두에게 달라붙어 있어야 하는 거야.

거기 내포된 뜻은 여덟 살 때 자신을 버리고 떠난 아버지보다 자신이 얼마나 훌륭하냐 하는 거야. 자기 인생에는 내 인생에는 없는 의미가 있다는 거지. 이게 그 아이의 높은 패야. 이게 아이가 지배하는 곳이고 나보다 나은 곳이야.

"케니," 나는 말하지. "왜 본격적으로 네 아버지와 하나의 실체로 맞서지 않는 거야? 마침내 네 아버지의 자지와 맞서봐. 이게 아버지라는 것의 실체야. 우리는 아이한테는 이런 일에 관해 거짓말을 해. 아이에게는 아버지의 자지에 관해 솔직할 수가 없어. 많은 아버지들이 결혼의 테두리에 자신을 가두지 못한다는 것—그건 어린아이들에게는 비밀로 해두는 게 낫지. 하지만 너는 어른이야. 너는 알 걸 알아. 그 모든 화가를 알아. 그 모든 거래상을 알아. 너도 어른이 어떻게 살아가는지 좀 알 거 아냐. 그런데 아직도 이게 네가 상상할 수 있는 최고의 스캔들이냐?"

케니와 내가 하는 건 오로지 서로를 질책하는 것뿐이야. 확립된 전통을 따르지는 않지만 말이야. 도스토옙스키의 책 바깥에서는 이야기가 전통적으로 정반대거든. 아버지가 관습적이고 속박하는 권위이고, 아들은 구제불능이고, 매질은 방향이 반대지.

그럼에도 케니는 계속 여기에 오고 아이가 초인종을 누를 때마다 나는 그앨 올라오게 해. "네 여자친구는 몇 살인데?" 나는 묻지. "그런데 마흔둘에 자식이 넷이고 자신의 상사인 유부남과 연애를 해? 그러면 그 아이도 그렇게 귀감이 될 인물은 아니네. 오직 너만 귀감이야. 너하고 네 어머니만." 너도 케니가 그 여자아이 이야기하는 걸 들어봐야 하는데. 미술사 학위도 있는 화학자래. 게다가 오보에도 연주하고. 멋지네. 나는 케니한테 그렇게 말해. 간통에서도 너는 나보다 낫구나. 케니는 그걸 간통이라고 부르지도 않아. 자기 간통은 다른 모든 사람의 경우와 다르대. 너무나 헌신적으로 노력하는 일이기 때문에 간통이라고 부를 수가 없대. 그리고 나에게는 그런 헌신적인 노력이 부족하대. 나의 간통들은 진지하지 못해서 그 아이한테는 어울리지 않는 거야.

그래, 그건 사실이야. 나는 그게 진지해지지 않게 하려고 노력했어. 하지만 케니에게 간통은 새 아내를 모집하는 거야. 그는 여자의 가족을 만나러 갔어. 그게, 어제 여자와 함께 그녀의 가족을 만나러 날아갔다는 게 그애가 막 나에게 한 얘기야. "그 여자 부모를 만나려고 하루 만에 플로리다까지 날아갔다 왔다고?" 나는 아들에게 물었어. "하지만 이건 간통이야. 그 여자 부모가 이거하고 무슨 관계가 있냐?" 케니 말로는 처음에는, 공항에서는, 여자의 부모가 차갑고 아주 회의적이었지만 저녁을 먹으려고 모두 함께 콘도에 앉았을 때는 여자한테 자기들이 케니를 사랑한다고 하더래. 친아들처럼 그를 사랑한다고. 모두가 모두를 사랑해. 여행을 다녀올 가치가 있었던 거지. "그래서 네 여자친구의 언니와 그 어여쁜 자식들도 만난 거냐?" 내가 아들에게 물었어. "그 여자의 오빠와 오빠의 어여쁜 자식들도 만났어?" 오 이런, 아들은 현재의 결혼이라는 작은 감옥을 최대 경비시설이 갖추어진 감옥과 바꾸려 하고 있어. 다시 한번 곧장 감방으로 향하고 있는 거야. 그래서 나는 케니한테 이렇게 말해. "케니, 너는 자유와 승인을 둘 다 바라는 거냐? 글쎄, 나야 뭐 기꺼이 자유도 주고 승인도 해줄 용의가 있다만." 하지만 케니는 거기에서 멈추지 않아. 자신이 하는 짓을 승인해주고 어쩌면 심지어 플로리다에 멋진 가족이 있는 다른 엉덩이와 함께 살도록 뒷받침해줄지도 모르는, 이 큰 나라 전체에서 하나뿐인 아버지를 갖는 것만으로는 충분하지 않은 거야. 나는 또 그 우월성에 굴복해야만 하지. "오보에도," 나는 말했어. "그거 정말 대단하지 않냐? 그 여자는 틀림없이 여가 시간에 시도 쓰겠구나. 분명 그 여자 부모도 그럴 거야." 자격, 자격, 자격. 이 사람은 여자 지배자가 위에서 내려다보며 채찍질을 하지 않으면 여자와 씹을 하지 못해. 저 사람은 여자가 하녀 복장을 하지 않으면 씹을 하지 못해. 어떤 사람들은 난쟁이하고만 씹을 할 수 있고, 어떤 사람들은 범죄자하고만 씹을 할 수 있고, 어떤 사람들은 닭하고만 씹을 할 수 있어. 내 아들은 오직 올바른 도덕적 자격을 갖춘 여자하고만 씹을 할 수 있어. 제발, 나는 아들한테 말해, 그것도 도착이고, 다른 도착보다 나을 것도 못할 것도 없어. 그저 그걸 있는 그대로 인정하고 그렇게 특별하다고 생각하지 마.

자. 케니가 혹시나 다른 우편물에 섞여 없어졌을까봐 걱정하던 편지야. 지난주에 밤에 나를 보러 오고 나서 쓴 거야. 마치 우리가 서로 모욕을 주고받던 지난 일 년간 내가 이 비슷한 편지 열 통을 받지 못하기라도 한 것처럼. "아버지는 내가 생각했던 것보다 백배는 나쁩니다." 이게 시작이야. 늘 하는 소리야. 그런 다음에 이런 얘기. 이걸 읽어줄게. "아버지는 계속 그래요. 믿을 수가 없어요. 아버지가 나한테 한 말들. 아버지는 늘 자신을 주장해야만 하고, 아버지의 삶의 선택은 옳은 반면 나는 겁을 먹은 선택, 괴상한 선택, 잘못된 선택을 했다는 것을 증명해야만 하죠. 너무나 괴로워서 아버지한테 갔는데 나한테 정신적 폭력을 퍼붓다니. 60년대—그는 오로지 재니스 조플린을 진지하게 받아들였기 때문에 오늘날 이런 모습으로 살아가고 있는 것이다, 재니스 조플린이 없었다면 결코 칠십의 나이에 이런 한심한 늙은 바보의 전형적인 모습으로 등장하지 못했을 것이다, 머리를 소중하게 잘 가꾼 기다란 백색의 벨보이, 예쁜 폴라드 천 뒤에

반쯤 감추어진 늘어진 칠면조 턱살—뺨에 연지는 언제 바르기 시작할 건가요, 폰 아셴바흐* 씨? 아버지가 어떻게 보인다고 생각하세요? 알기는 아는 겁니까? '수준 높은 삶'에 대한 그 모든 헌신. 채널 서틴에서 미학적 바리케이드에 올라서는 것. 대중사회에서 문화 수준을 유지하려는 일인 전투. 하지만 평범한 수준의 품위를 지키는 건 어쩌고요? 물론 아버지는 학문적 삶에 계속 머물며 진지함을 유지할 배짱은 없었지요. 평생 단 하루도 진지해본 적이 없으니까요. 제이니 와이엇, 그 여자는 지금 어디 있습니까? 결혼에 몇 번이나 실패했나요? 신경쇠약에는 몇 번 걸렸나요? 자, 그 긴 세월 동안 어떤 정신병원에 입원했나요? 여자아이들이 대학에 가면, 그러면 아버지가 손대지 못하도록 보호받아야 하는 거 아닌가요? 아버지야말로 이 아이들이 보호받아야 한다는 것을 보여주는 살아 있는 논거죠. 저한테는 딸이 둘 있어요, 아버지 손녀들이요, 그런데 내 딸들이 대학에 가서 아버지 같은 남자를 선생으로 만난다고 생각하면……"

계속 그런 식이야…… 그러다가…… 어디 보자…… 그래, 여기가 더 강하네. "내 아이들은 부모가 말다툼을 벌이고 아빠가 화가 나서 집을 나가버리기 때문에 겁을 먹고 소리를 지릅니다.

* 토마스 만의 소설 『베니스에서의 죽음』의 주인공.

밤에 집에 와서 아이들과 있을 때 기분이 어떤지 아버지는 아세요? 자식들이 우는 소리를 들으면 어떤지 아세요? 아버지가 어떻게 알 수 있겠어요? 하지만 나는 아버지를 보호했어요. 내가 아버지를 보호했다고요. 나는 어머니가 옳다고 믿지 않으려 했어요. 아버지를 방어했고, 아버지를 지지했어요. 그래야만 했어요, 아버지는 나의 아버지였으니까. 마음속에서 아버지를 용서하려 했고, 이해하려고 했어요. 하지만 60년대? 그 유치함의 폭발, 그 천하고 생각 없는 집단적 퇴행, 그게 모든 걸 설명해주고 모든 걸 변명해준다고요? 더 나은 알리바이는 내놓을 수 없나요? 무방비 상태의 학생들을 유혹하고, 다른 모든 사람을 잃어가면서 자신의 성적 이익을 추구하고—정말 불가피한 일이었겠네요, 네? 아니죠, 불가피한 건 어려운 결혼을 그대로 유지하면서 어린 자식을 기르고 어른의 책임을 마주하는 거예요. 나는 그 오랜 세월 동안 어머니가 과장을 하고 있다고 생각했어요. 하지만 과장이 아니었어요. 오늘밤까지도 난 어머니가 어떤 걸 겪으며 살아왔는지 잘 몰랐어요. 아버지가 어머니한테 준 고통, 왜 그런 거예요? 아버지가 어머니한테 안긴 짐—아버지가 나한테, 어린아이한테 넘긴 짐, 어머니에게 세상의 모든 것이 되어주라는 짐, 왜 그런 거예요? 아버지가 '자유로워지려고'? 나는 아버지를 견딜 수 없어요. 절대 못 견딜 거예요."

그리고 다음달에 다시 와서 또 나를 도저히 견디지 못하겠다고 말할 거야. 그리고 그 다음달에도. 또 그 다음달에도. 나는 결국 케니를 잃지 않았어. 아이의 아버지는 마침내 하나의 자원이 된 거야. "저예요. 올라가게 해주세요. 들여보내달라고요!" 아들은 상황 때문에 자기 아이러니 같은 것은 보여주지 못하지만 나는 아들이 나에게 털어놓는 것 이상으로 얻고 있다고 믿어. 아무것도 얻지 못한다고? 틀림없이 얻어. 그 아이는 절대 어리석지 않아. 언제까지나 유년의 드라마에 포위 공격을 당하고 있을 리가 없어. 당한다고? 글쎄, 어쩌면 그럴지도 모르지. 네 말이 옳을지도 몰라. 앞으로 평생 이 문제에 관해서는 상처가 아물지 않겠지. 이 역시 헤아릴 수 없이 많은 우스개 중 하나지. 마흔두 살의 남자가 열세 살짜리 아이의 존재에 달라붙어 그것 때문에 계속 고통받는 것. 어쩌면 야구장에서 겪은 그대로인지도 몰라. 케니는 탈옥하고 싶어 죽을 지경이야. 자기 어머니한테서 달아나고 싶어 죽을 지경이고, 아버지와 함께 달아나고 싶어 죽을 지경인데, 할 수 있는 일이라고는 심장이 빠져나올 정도로 토하는 것뿐인 거지.

나와 콘수엘라의 연애는 일 년 반 조금 넘게 지속되었어. 우리가 다시 함께 저녁을 먹으러 나가거나 극장에 가는 일은 아주 드

물었어. 아이는 캐기 좋아하는 언론이나 페이지 식스에 날 것을 너무 두려워했고, 나야 환영이었지. 아이를 볼 때마다 늘 그 자리에서 바로 씹을 하고 싶었지 먼저 형편없는 연극을 보며 앉아 있고 싶지는 않았으니까. "매체가 어떻다는 걸 아시잖아요, 그게 사람들한테 어떻게 하는지 아시잖아요. 선생님하고 함께 거기 나가면……" "좋아, 걱정 마." 나는 유쾌하게 대꾸했어. "그냥 집에 있지 뭐." 결국 콘수엘라는 자고 가곤 했고 우리는 함께 아침을 먹었어. 우리는 일주일에 한두 번 보았고, 탐폰 사건 뒤에도 캐럴린은 콘수엘라의 존재를 알아채지 못했어. 그럼에도 나는 콘수엘라에 관해서 결코 평화에 이르지 못했어. 나보다 먼저 아이와 붙어먹은 다섯 남자아이를 결코 잊을 수 없었어. 알고 보니 그 가운데 둘은 형제였는데, 하나는 아이가 열여덟 살 때 사귀던 애인이고, 다른 하나는 스무 살 때 애인이었어—쿠바인 형제, 버건 카운티의 부유한 비야레알에 사는 형제로 내 괴로움의 또 한 원인이었지. 캐럴린의 진정시키는 힘이나 우리가 함께 보낸 멋진 밤들이 아니었다면 나한테 무슨 일이 일어났을지 모르겠어.

콘수엘라를 가지는 흥분—콘수엘라를 가지지 못하는 흥분에 대립되는 흥분—은 아이가 석사학위를 받고 뉴저지의 부모 집에서 파티를 했을 때에야 끝이 났어. 물론 그것이 끝난 건 우리 둘 다에게 좋은 일이지만 끝낸 것은 내 계획이 아니었고 나는 그 후 상실감에 사로잡혔어. 거의 삼 년 동안 이따금 우울증에 빠졌지. 아이와 함께 있는 동안 내내 괴로웠지만 아이를 잃자 백배는 더 괴로웠어. 나쁜 시기였고 끝날 줄을 몰랐어. 조지 오헌이 좋은 친구였지. 나도 모르게 푹 처져버리는 수많은 저녁에 오랫동안 나와 이야기를 했어. 그리고 내게는 피아노가 있었는데, 그게 나를 지탱해주었어.

말했다시피 나는 오랜 세월에 걸쳐 악보, 피아노 문헌을 많이 샀고, 내내 피아노를 쳤어. 다른 일을 끝낼 때마다. 그 몇 년 동안 베토벤의 소나타 서른두 곡을 모두 쳤어. 음표 하나하나를 치며 콘수엘라를 내 생각에서 몰아냈지. 아무도 그 연주 테이프를 억지로 듣는 일은 없어야 해, 물론 그런 테이프는 존재하지도 않지만. 어떤 악구는 인 템포*지만 대부분은 그렇지 못한데 그래도 상관없이 계속 연주했어. 별난 짓이지만, 나는 그렇게 했어. 건반 음악의 경우 작곡가가 하던 일을 재생산한다는 느낌이 있어서 어느 정도는 그들의 마음에 들어가 있게 돼. 음악이 발생하는 가장 신비한 부분에 들어가는 것은 아니지만, 그래도 단지 수동적

* '제 속도'라는 뜻.

으로 미적 경험을 흡수하기만 하는 건 아니야. 자기 나름의 서툰 방식으로나마 어떻게든 스스로 그것을 생산하게 되는데, 나는 그런 식으로 콘수엘라를 잃은 상태에서 벗어나려 했어. 모차르트 소나타를 쳤지. 바흐의 피아노 음악을 쳤고. 나는 그것을 쳤고, 그것에 익숙해졌는데, 물론 잘 연주하는 것과는 달라. 나는 버드나 그런 사람들의 엘리자베스 시대 음악을 연주했어. 퍼셀을 쳤어. 스카를라티를 쳤어. 나한테는 스카를라티 소나타가 전부, 오백오십 곡 전부 있었어. 그걸 다 쳤다는 말은 아니지만 그래도 많이 쳤어. 하이든의 피아노 음악. 이제 나는 그게 차갑다는 것을 알아. 슈만. 슈베르트. 이게 다, 앞서 말했듯이, 정말 얼마 안 되는 훈련을 기초로 한 거야. 하지만 끔찍한 시간, 무익한 시간이었어. 베토벤을 공부해 그의 마음으로 들어가느냐 아니면 내 마음에 그대로 남아 내가 기억하는 그 아이의 모든 장면을 재생하느냐 그런 문제였거든—최악으로는 아이의 졸업 파티에 가지 않음으로써 내가 저지른 무모한 일을 재생하느냐.

하지만, 보다시피, 나는 그 아이가 평범하다고는 도저히 생각할 수가 없었어. 나를 위해 탐폰을 빼낸 이 여자아이가. 그래놓고 내가 자기 졸업 파티에 나타나지 않았다는 이유로 나를 끝내? 그렇게 강력했던 것을 그런 식으로 끝내는 그 태연함을 나는 믿을 수가 없었어. 그렇게 느닷없이 끝나버린 것, 나는 그걸 재생하며, 그런 느닷없음의 비밀은 콘수엘라가 그게 계속되기를 바라지 않았던 거라고 생각해. 왜? 아이는 나에게 욕망이 없었으니까, 한 번도 나에게 욕망을 가지지 않았으니까, 사실은 자기 젖가슴이 얼마나 압도적인지 확인하려고 나를 실험해본 거니까. 하지만 그 아이 자신은 나에게서 자신이 원하는 것을 절대 얻지 못하고 있었어. 그건 비야레알 형제들에게서 얻고 있었지. 당연했어. 그 아이들 모두가 파티에 가서, 콘수엘라에게 바싹 다가가 둘러쌌어. 거무스름하고, 잘생기고, 근육질이고, 예의바르고, 젊은 아이들. 그러자 아이는 깨달았어, 내가 이 노인네하고 뭘 하고 있는 거지? 그러니까 내가 내내 옳았던 거야—그러니 끝나는 게 옳았어. 아이는 가고 싶은 만큼 갔어. 계속 밀고 나가서 내가 할 수 있는 거라고는 나 자신에게 더 많은 괴로움을 쌓는 것밖에 없었어. 내가 한 가장 현명한 일은 거기에 나타나지 않은 거였어. 나는 스스로 이해하지 못하는 여러 방식으로 굴복하고 또 굴복해왔기 때문에. 그 아이를 갖고 있을 때조차 갈망은 결코 사라지지 않았어. 일차적인 감정은, 앞서 말했듯이, 갈망이었어. 지금도 여전히 갈망이야. 갈망으로부터 그리고 나 자신이 탄원자라는 느낌으로부터 풀려날 길이 없어. 늘 그 자리에 있어. 아이와 함께 있을 때도 있고 아이와 함께 있지 않을 때도 있어. 그래, 누가 끝낸 걸까? 파티에 가지 않음으로써 내가 끝낸 걸까, 아니면 내가 파티에 가지 않은 것을 기회로 그 아이가 끝낸 걸까? 이것이 내가 끝도 없이 벌인 토론이었고, 내 마음이 콘수엘라의 상실을 둘러싸고 맴도는 것을 멈추기 위해—이 한 가지 사건을, 파티를, 내가 그르친 모든 것의 실마리로 특별 취급 하는 실수를 멈추기 위해—종종 한밤중에 일어나 새벽까지 피아노를 쳤던 거야.

일어났던 일이라고는 아이가 학위를 딴 것을 기념하러 저지로 오라고 초대했고 나는 그러마고 대답할 수밖에 없었지만 차를 몰고 다리를 건너다 생각이 달라졌다는 것뿐이었어. 그 자리에는 아이 부모가 있을 거고, 조부모, 쿠바인 친척들, 어린 시절의 옛 친구도 다 있을 거다, 그 형제들도 있을 거다, 그리고 나는 텔레비전에 나오는 선생으로 소개되겠지. 일 년 반이 지났는데도 내가 이 젊은 여자에게 그저 친절한 스승에 불과한 척한다는 건, 특히 그 좆같은 비야레알 아이들이 있는 자리에서 그런다는 건 너무 한심한 일이었어. 나는 이런 말도 안 되는 짓을 하기에는 너무 늙었기 때문에 다리의 저지로 가는 쪽 도로에서 차를 세우고 아이에게 전화를 해 차가 고장나서 갈 수가 없다고 말했어. 속이 빤히 보이는 거짓말이었고—내 차는 이 년도 되지 않은 포르셰였거든—그래서 바로 그날 밤 아이는 뉴저지에서 가족의 팩스 기계로 편지를 보냈는데, 내가 받아본 가장 폭발력 있는 편지라고 할 수는 없었지만, 그럼에도 콘수엘라가 그렇게 통제 불가능한 아이일 거라고는 상상해본 적이 없었어.

하긴 나는 콘수엘라를 전혀 상상할 수가 없었어. 강박 때문에 눈이 멀어 아이에 관해 알지 못한 게 한두 가지겠어? 아이는 편지에서 나에게 소리를 지르고 있었어. "선생님은 늘 모든 것을 아는 늙은 현자 행세를 해요." 또 소리치고 있었어. "바로 오늘 아침에도 텔레비전에서 선생님을 봤어요. 늘 더 잘 아는 사람, 뭐가 좋은 문화이고 뭐가 나쁜 문화인지 알고, 사람들이 뭘 읽어야 하고 뭘 읽지 말아야 하는지 알고, 음악에 관해 다 알고 미술에 관해 다 아는 사람 역할을 하는 걸. 그런데 내가 내 인생의 중요한 순간을 기념하기 위해 파티를 여는데, 멋진 파티를 열고 싶었는데, 선생님이, 내게 세상의 전부인 선생님이 계시기를 바랐는데, 선생님은 거기 안 계셨어요." 이미 나는 아이한테 선물을 보내고, 꽃을 보냈지만, 아이는 너무 격분하고 너무 화가 나…… "오만한 지식인 비평가 선생님, 모든 사람에게 무슨 생각을 할지 가르치고 모든 사람을 바로잡는, 모든 것에 관한 위대한 권위자 선생님! 메 다 아스코!"

아이는 그렇게 편지를 끝맺었어. 콘수엘라는 전에는 나와 있을 때 한 번도, 애정을 담아서도, 스페인어를 쓴 적이 없었어. 메 다 아스코. 평범한 관용어지. "토 나와요."

이게 다 육 년 반 전의 일이야. 묘한 것은 그로부터 세 달 뒤 아이에게서 그림엽서, 일급 휴양지가 있는 어떤 제삼세계 국가—벨리즈인가 온두라스인가 그런 곳—에서 보낸 엽서를 받았는데 내용이 아주 다정했다는 거야. 그러다 여섯 달 뒤 아이가 전화를 했어. 아이는 광고 쪽에 취직하려 하고 있었는데, 아이 말로는, 그런 데 가면 내가 자기를 싫어하겠지만, 그래도 추천서를 한 장 써주겠느냐는 거였어. 아이의 전 교수로서. 그래서 써줬지. 그후 아이는 취직을 했고 아주 행복하다는 그림엽서(모던 미술관의 모딜리아니 누드였지)를 보냈어. 그러고는 소식이 없었어. 어느 날 밤 나는 새 맨해튼 전화번호부에서 아이의 이름과 더불어 아이 아버지가 어퍼이스트사이드에 사준 것이 틀림없는 아파트 주소를 찾아냈어. 하지만 다시 돌아가는 것은 나쁜 생각이라 연락은 하지 않았어.

우선 조지가 허락하지 않았어. 조지 오헌은 비록 나보다 열다섯 살 아래지만 나의 세속의 고해신부였어. 내가 콘수엘라를 만나던 일 년 반 동안 조지는 나의 가장 가까운 친구였는데, 내가 나의 현실주의, 나의 실용주의, 나의 냉소주의를 다 벗어버리고 오로지 아이를 잃지 않을 생각만 하는 동안 자기가 얼마나 걱정을 했는지, 얼마나 주의깊게 나를 감시했는지 나중에 가서야 이야기해주었어. 그림엽서에 답장을 쓰지 못하게 한 것도 조지였는데, 사실 나는 답장을 쓰고 싶어 죽을 지경이었고, 원통형 줄기 같은 허리, 널찍한 골반, 부드러운 곡선을 그리는 허벅지가, 또 가랑이가 갈라지는 지점을 나타내는 불꽃 조각 같은 털—모딜리아니의 트레이드마크와 다름없는 누드가, 그가 제의처럼 그렸고 또 콘수엘라가 아주 뻔뻔스럽게 미합중국 우편으로 보내기로 한, 쉽게 접근할 수 있는 길쭉한 꿈의 소녀—이 답장을 쓰라고 내게 권하고 있다고 믿었어. 그 아이 자신을 모델로 했다고 해도 좋을, 풍만하지만 약간 옆으로 기운 젖가슴의 누드. 눈을 감고 원초적인 힘, 콘수엘라와 마찬가지로 원초적이면서도 우아한 그 힘 외에는 어떤 것으로도, 콘수엘라와 마찬가지로 자신을 방어하지 않는 누드. 내 기분 탓에 무덤을 연상할 수밖에 없었던 벨벳 같은 검은 심연 위에서 불가해한 모습으로 자고 있는 황금 피부의 누드. 여자는 물결치는 하나의 긴 선으로 그곳에 누워 기다리지, 죽음처럼 고요하게.

조지는 심지어 내가 추천서를 써주는 것도 못마땅하게 생각했어. 이러더군. "선배는 이 여자애한테 늘 무력할 거예요. 절대 주도하지 못할 겁니다. 여기에는 말이죠," 조지는 내게 말했어. "선배를 미치게 하고 있고 또 앞으로도 늘 미치게 할 뭔가가 있어요. 이 연결을 완전히 끊어버리지 않으면 결국 그 뭔가가 선배를 파괴하고 말 거예요. 선배는 이젠 단지 그 아이와 함께하고자 하는 자연스러운 요구에 응답하는 게 아니에요. 이건 가장 순수한 형태의 병리적 현상이에요. 선배," 조지는 나를 불렀어. "이걸 비평가로서 보고, 전문가의 관점에서 보세요. 선배는 미학적 거리 두기라는 법칙을 어겼어요. 선배는 이 여자아이와 나눈 미적 경험을 감상적으로 만들고 있어요—개인적인 것으로 만들고, 감상적으로 만들어서, 그걸 누리는 데 핵이 되는 분리의 감각을 잃어버린 거예요. 언제 그렇게 됐는지 알아요? 그 아이가 탐폰을 뺀 밤에요. 필요한 미학적 분리가 무너진 건 그 아이에게서 피가 흘러내리는 걸 봤을 때가 아니라—그건 괜찮아요, 그건 좋아요—선배가 자제하지 못하고 무릎을 꿇었을 때예요. 도대체 뭐가 선배에게 강요한 겁니까? 이 쿠바 아이가 선배를, 욕망의 교수*를 매트에 꿇린 그 희극의 배후에 뭐가 있는 거예요? 아이의 피를 마신다고요? 나라면 그건 독립적인 비판적 지위의 방기를 구성하는 행동이라고 말하겠어요, 데이브. 나를 섬겨라, 아이는 말하죠, 피를 흘리는 여신의 신비를 섬겨라, 그리고 선배는 섬겨요. 선배는 어디에서도 멈추지를 않아요. 그걸 핥지요. 그걸

* 필립 로스가 1977년에 쓴 소설 제목이기도 하다. 이 소설에는 『죽어가는 짐승』의 등장인물인 케페시가 나온다.

먹지요. 그걸 소화하지요. 그 아이가 선배를 뚫고 들어가는 거예요. 그다음엔 뭡니까, 데이비드? 그 아이 오줌 한 잔? 아이에게 똥을 달라고 간청하기까지 얼마나 걸렸을까요? 그게 비위생적이라서 반대하는 게 아닙니다. 그게 역겹기 때문에 반대하는 게 아니에요. 그게 사랑에 빠지는 거라서 반대하는 거예요. 모든 사람이 원하는 유일한 강박, 그게 '사랑'이에요. 사람들은 사랑에 빠지면 완전해진다고 생각하지요? 영혼의 플라톤적 결합? 내 생각은 달라요. 나는 사람은 사랑을 시작하기 전에 완전하다고 생각해요. 그리고 사랑이 사람을 부숴버린다고. 완전했다가 금이 가깨지는 거지요. 그 아이는 선배의 완전성 안으로 들어온 이물질이에요. 선배는 일 년 반 동안 그걸 통합하려 애쓴 거고. 하지만 그걸 몰아내기 전에는 절대 완전해지지 못해요. 그걸 없애거나 아니면 자기 왜곡을 통해 통합하거나 둘 중 하납니다. 그게 선배가 한 짓이고 선배를 미치게 만든 거예요."

그 말에는 찬성하기 어려웠는데 단지 신화를 만들기 좋아하는 조지의 정신적 경향 때문만은 아니었어. 가족에 얽매인 채 보호받으며 교외에 사는, 겉으로 보기에 위협이 되지 않는 콘수엘라 같은 인물에게 재난을 불러올 잠재력이 있다고 믿기 어려웠기 때문이야. 하지만 조지는 누그러질 기미가 보이지 않았어. "애착은 파멸을 초래하는 적이에요. 조지프 콘래드가 그랬어요. 유대를 맺는 자가 진다. 선배가 지금 같은 꼴로 거기 앉아 있는 건 말이 안 됩니다. 맛은 봤잖아요. 그걸로 부족해요? 맛보는 것 말고 뭘 더 얻으려는 거예요? 그게 인생에서 우리에게 주어지는 전부고, 인생이 우리에게 주는 전부라고요. 맛보기. 그 이상은 없어요."

물론 조지는 옳았고 내가 다 아는 이야기를 되풀이하는 것일 뿐이었어. 유대를 맺는 자는 정말로 지는 것이고 애착은 정말로 나의 적이기에 나는 카사노바가 "남학생의 구제책"이라고 부른 것을 활용했어—대신 자위를 한 거야. 나는 내가 피아노에 앉아 있고 아이는 내 옆에 벌거벗고 서 있다고 상상하곤 했어. 한때 몸으로 그런 그림을 연출하기도 했으니 사실 상상하는 것만큼이나 기억을 하고 있었던 셈이야. 아이에게 내가 모차르트의 C단조 소나타를 치는 동안 옷을 벗고 내가 그 모습을 보게 해주겠느냐고 했더니 순순히 응했었지. 그래서 평소보다 더 잘 쳤는지는 모르겠지만 절대 그것이 핵심은 아니었지. 되풀이해 나타나는 다른 환상에서 나는 아이에게 이렇게 말하고 있어. "이건 메트로놈이야. 작은 빛이 반짝이면서 주기적으로 소리를 내. 이게 하는 일은 이것뿐이야. 원하는 대로 속도를 조절할 수 있어. 나 같은 아마추어뿐 아니라 전문가도, 심지어 위대한 콘서트 피아니스트도 이른바 조급증이라고 하는 문제가 있거든." 나는 다시 한번, 옷을 다 입은 채 C단조 소나타를 쳐 느린 악장으로 아이의 벌거벗은 몸에 세레나데를 들려주던 밤처럼 아이가 발치에 옷을 벗어놓고 피아노 옆에 서 있는 모습을 그려봐. (가끔 아이는 마치 첩자처럼 오직 'K. 457'*이라는 명칭만 붙은 꿈으로 나를 찾아오기도 해.) "이건 석영 메트로놈이야," 나는 말해. "삼각형 메트로놈은 봤을지도 모르지만, 진자가 달리고, 진자에 작은 추가 붙어 있고 수가 적혀 있는 그거랑은 달라. 수는 진자에 있는 것과 똑같지." 아이가 다이얼을 살펴보려고 다가서자 젖가슴이 앞으로 툭 떨어지며 내 입을 가려 숨이 막혔고 순간적으로 교육—콘수엘라와 함께 있을 때 나의 가장 큰 힘인 교육—이 중단되었어. 나의 유일한 힘이.

"그건 표준적인 수야," 나는 아이에게 말해. "이걸 육십으로 맞추면 한 박자가 일 초가 될 거야. 그래, 심장박동처럼. 어디 네 심장박동을 내 혀끝으로 느껴보자." 아이는 우리 사이에 모든 일이 이루어지게 해주었던 것처럼 이것도 이루어지게 해줘—아무 말 없이, 거의 공모할 필요도 없이. 나는 아이에게 말해. "사실 1812년에 이게 발명되기 전까진—그러니까 구식 말이야—악보에 메트로놈 표시가 없었어. 일반적인 논문에서 템포에 관해 하는 말은 어떤 종류의 알레그로에는 맥박의 박자를 활용하라고

* 모차르트 곡의 작품 번호.

제안하는 것뿐이었어. 이렇게 말하는 거지. '맥박을 재고 그와 같은 템포를 생각하라.' 내 자지 대가리로 네 맥박을 재볼게. 내 자지 위에 앉아, 콘수엘라, 그러면 박자를 갖고 놀 수 있어. 아, 이건 빠른 알레그로가 아니야, 그렇지? 절대 아니야. 자, 모차르트 악보에는 메트로놈 표시가 없어. 왜, 왜 그럴까? 모차르트가 언제 죽었는지 기억나지……" 하지만 여기서 내가 오르가슴에 이르며 환상 교육은 끝이 나고, 나는 잠깐 동안, 욕망의 아픔에서 벗어나. 그게 예이츠던가? "내 심장을 살라다오, 욕망에 병들고/ 죽어가는 짐승에 단단히 들러붙어/ 이 심장은 자기가 무엇인지도 모르니." 예이츠. 그래. "모두 그 관능의 음악에 사로잡혀," 등등*.

나는 베토벤을 치며 자위를 했어. 모차르트를 치며 자위를 했어. 하이든, 슈만, 슈베르트를 치며 아이의 이미지를 마음에 그리면서 자위를 했어. 그 젖가슴, 무르익은 젖가슴, 젖꼭지, 아이가 젖가슴을 내 좆 위에 드리우고 그렇게 그걸 어루만지던 걸 잊을 수 없었기 때문이야. 또하나의 디테일. 마지막 디테일 하나만

* W. B. 예이츠의 시 「비잔티움으로 가는 배에 올라(Sailing to Byzantium)」에 나오는 구절들.

이야기하고 그만둘게. 약간 전문적이 되어가고 있지만 이건 중요해. 이게 콘수엘라를 쾌락volupte의 걸작으로 만든 붓질이었으니까. 아이는 내가 아는 여자 가운데 보지를 밖으로 밀어내, 자기도 모르게 그걸 쌍각류 조개의 나뉜 데 없이 부드럽고 거품이 이는 몸처럼 밖으로 밀어내 절정에 이르는 소수 가운데 하나였어. 처음에는 깜짝 놀랐지. 그게 느껴지면 다른 세상의 동물, 바다에서 온 어떤 동물을 만나는 듯한 기분이 들어. 마치 그게 굴이나 문어나 오징어, 몇 마일 물 아래 몇 겁 전의 생물과 관계가 있는 것인 양. 보통 질을 보면서 손으로 벌릴 수는 있지만, 이 아이의 경우 꽃이 피듯 열렸어. 씹이 저절로 은신처에서 떠오르는 거야. 안의 입술이 밖으로 밀고 나오는데, 밖으로 부풀어오르는데, 그게 아주 흥분이 되더라고, 그렇게 미끈거리며 부드럽게 부풀어오르는 게. 만지기에도 자극적이었고 보기에도 자극적이었어. 환희에 젖어 드러나는 비밀. 실레*라면 그걸 그리기 위해 송곳니라도 내주었을 거야. 피카소라면 그걸 기타로 바꾸어놓았겠지.

아이가 절정에 오르는 것을 지켜보는 것만으로도 보는 사람도 절정에 오를 것만 같았어. 아이는 그럴 때 눈을 돌리곤 했어. 눈이 위로 올라가 흰자위만 보이는데 그게 또 볼만했지. 아이의 모

* 오스트리아의 화가. 죽음과 에로티시즘이 결합된 작품들을 많이 남겼다.

든 것이 불만했어. 질투로 인한 동요가 어떠하든, 수모와 끝없는 불확실성이 어떠하든, 나는 아이가 절정에 올라가게 만드는 것에 늘 자부심을 느꼈어. 가끔 여자가 올라가는지 아닌지 걱정도 안 하게 돼. 그냥 그렇게 되기 때문에, 여자가 다 스스로 알아서 하는 것 같으니까 책임질 일이 아니게 되어버리는 거야. 다른 여자들과 할 때는 그건 문제가 아니야. 상황은 충분하고 흥분도 충분하고 전혀 문제가 되지 않아. 하지만 콘수엘라와 할 때는, 그래, 그것은 분명히 나의 책임이었고, 언제나, 언제나 자부심의 문제였어.

나에게는 우스꽝스러운 마흔두 살짜리 아들이 있어—그 아이가 다름 아닌 내 아들이기 때문에 우스꽝스럽고, 내가 내 결혼에서 탈출한 것을 이유로, 나의 탈출이 자기한테 준 의미를 이유로, 자신의 삶을 바쳐 고집스럽게 나의 개인적 삶에 항의하겠다며 자기 결혼에 갇혀 있어서 우스꽝스러워. 우스꽝스러움은 아이가 너무 일찍 텔레마코스*로, 아무도 돌보지 않는 어머니의 영웅적인 어린 방어자로 양육되었기 때문에 치르는 대가야. 하지

* 그리스신화 속 오디세우스와 페넬로페의 아들. 행방불명된 아버지를 찾아 각지를 돌아다녔다.

만 삼 년 동안 간헐적인 우울증에 빠져 있는 동안, 나는 케니보다 천배는 우스꽝스러웠어. 내가 무슨 뜻으로 우스꽝스럽다는 말을 쓰는 걸까? 우스꽝스럽다는 게 뭘까? 자신의 자유를 자발적으로 포기하는 것—그게 우스꽝스럽다는 말의 정의야. 강제로 자유를 빼앗긴 거라면 말할 필요도 없이 우스꽝스럽지 않아. 그것을 강제로 빼앗은 사람이라면 몰라도. 하지만 자유를 내줘버린 사람, 그걸 내줘버리고 싶어 죽을 지경인 사람은 누구나 우스꽝스러운 사람들의 영토로 들어서는데, 이 영토는 이오네스코의 가장 유명한 희곡을 떠올리게 하고 또 실제로 문학 전체에 걸쳐 희극의 원천이기도 해. 자유로운 사람은 자유롭다는 바로 그 이유 때문에 미치거나 어리석거나 비참할지는 몰라도 우스꽝스럽지는 않아. 그는 한 존재로서 자기 크기를 갖고 있어. 나 자신은 콘수엘라와 함께 있을 때 충분히 우스꽝스러웠어. 하지만 그 아이를 잃고 단조로운 멜로드라마의 포로가 되었던 시절에는? 나의 선례에 대한 경멸에서 출발한 나의 아들은 내가 무책임했던 곳에서 책임을 지겠다고 결심했고, 그 결과 나부터 시작해 그 누구에게서도 자유로워질 수 없었어—내 아들은 그 정도면 되었다고 더 바라지 않을지 모르나 나 자신은 더 나아져보겠다고 돌아다니는데, 그래도 관련없는 것들이 슬며시 기어들어와. 질투가 기어들어와. 애착이 기어들어와. 애착이라는 이 영원한 문제. 아니, 심지어 씹질조차 완전히 순수하게 보호받는 상태를 유지할 수 없어. 내가 바로 이 대목에서 실패하고 있어. 나는 씹질의 위대한 선전자이면서도 케니보다 조금도 나을 수가 없어. 물론 거기에는 케니가 꿈꾸는 종류의 순수가 없지만, 내가 꿈꾸는 종류의 순수도 없어. 개 두 마리가 흘레붙을 때는 순수가 있는 듯해. 거기에는, 짐승들 사이에는, 순수한 씹질이 있어. 하지만 짐승들과 토론을 한다면 심지어 개들 사이에도 개 나름으로 갈망, 홀딱 빠짐, 소유, 심지어 사랑 같은 제정신이 아닌 왜곡이 있을 거야.

이런 욕구. 이런 혼란. 절대 멈추지 않을까? 한참 지나고 나니 내가 간절히 바라는 게 뭔지도 잘 모르겠더라고. 그 아이 젖통이? 그 아이의 영혼? 젊음? 소박한 마음? 어쩌면 그보다 나쁠 수도 있어—어쩌면 이제 죽음에 다가가게 되니, 나도 은근히 자유롭지 않기를 갈망하는지도 몰라.

시간이 흘러. 시간이 흘러. 새 여자친구들이 생겨. 학생인 여자친구들이 생겨. 무려 이십 년, 삼십 년 전으로부터 옛 여자친구들이 나타나. 몇 명은 이미 여러 번 이혼했고 몇 명은 일에서 자리를 잡느라 너무 바빠 결혼할 기회조차 얻지 못했어. 아직 혼자인 아이들은 자기 데이트 때문에 하소연을 하려고 나한테 전화를 해. 데이트는 지겹고, 관계는 대책 없고, 섹스는 위험 요소야. 남자들은 자아도취적이고, 유머가 없고, 제정신이 아니고, 강박적이고, 거만하고, 상스러워. 아니면 멋지게 생기고, 정력적이고, 무자비하게 바람을 피워. 그도 아니면 나약하거나, 아니면 성적으로 허약해. 아니면 그냥 너무 멍청해. 스물 몇 살짜리들은 여전히 대학에 기반을 둔 우정이 있고 알다시피 학교는 커다란 믹서이기 때문에 이런 문제가 없지만, 약간 나이가 들어 삼십대 중반이 되면 다수가, 이제 보니, 남자를 찾으려고 직업적인 중매업자에게 의존해야 하더라고. 그러다 어떤 나이가 되면 어떤 식으로든 새로운 사람 만나는 걸 중단해. 환멸에 빠진 한 아이가 나한테 이러더군. "실제로 새로운 사람을 만난다 해도 그 사람이 누구겠어요? 가면을 쓴 예전 사람들이에요. 전혀 새로울 게 없어요. 그냥 사람들이에요."

중매업소의 일 년 회원권 가격은 다양한데, 그 기간에 몇 번의 소개를 보장해줘. 몇몇 중매업소는 이백 달러를 받고, 어떤 경우는 이천을 받는데, 내가 들은 어떤 중매업소는 그 아이 표현으로는 '양질의 사람들'을 전문으로 한다면서 무려 이만 천 달러를 받고 소개를 해준대. 이 년 동안 최대 스물다섯 번까지. 처음에는 잘못 들은 줄 알았는데, 맞아, 요금이 이만 천 달러야. 글쎄, 결혼해주고 자식들의 아버지가 되어줄 남자를 찾으려고 이런 종류의 거래를 하다니 여자도 힘들기는 해. 나이든 옛 선생 옆에 앉아 이야기를 나누려고 밤늦게 나타나고, 가끔 외로울 때는 심지어 자고 가기까지 하는 것도 놀랄 일이 아니야. 최근에는 그런 아이들 가운데 하나가 그 아이 말로는 '극단적인 휴가 유형, 사자를 사냥하고 거친 곳에서 파도를 타는 훌륭한 모험가 유형'의 남자와 첫 데이트에서 식사를 하다가 차인 뒤 회복을 하려고 여기로 왔어. "밖은 험해요, 데이비드." 아이는 나에게 그러더군. "심지어 데이트도 아니거든요, 단지 데이트를 하려고 노력하는 거지. 저는 중매를 초연하게 받아들였어요." 아이가 말했어. "하지만 그것도 소용없어요."

엘리나, 마음 착한 엘리나 라보스키, 어쩌면 중매 때문에 일찌감치 머리가 센 아이. 나는 아이한테 말했어. "엄청난 긴장일 거야, 낯선 사람, 침묵, 심지어 대화도." 그러자 아이가 내게 묻더군. "저처럼 성공한 사람도 이렇게 해야만 한다고 생각하세요?" 엘리나는 안과 의사고, 알다시피 엄청난 인내력 덕분에 노동계급 바닥에서 거기까지 올라갔어. "인생은 당혹스러워요," 아이는 말했어. "그래서 아주 자기 보호적인 사람이 되고, 그냥 아무렇게나 되라지 하고 말해버려요. 아주 창피한 일이지만 김이 다 빠져버려요. 그런 남자들 중에 몇 명은 평균보다는 매력적이에요. 교육도 받았고. 대부분은 잘 먹고살아요. 그런데 저는 그런 사람들한테 도무지 끌리지를 않아요." 아이는 그렇게 말하더군. "그 사람들하고 함께 있는 게 왜 그렇게 따분할까요? 어쩌면 제가 따분하기 때문에 따분한지도 모르죠." 그렇게 말하기도 하고. "남자들은 멋진 차로 태우러 와요. BMW. 가는 길에는 클래식을 틀어놓고. 멋지고 아담한 레스토랑으로 데려가지만 대부분의 시간 동안 나는 거기 앉아 생각하죠, 제발, 주여, 나 좀 집에 가게 해주세요. 저는 아이를 원해요, 가족을 원해요, 가정을 원해요." 엘리나는 말했어. "수술실에서 제 두 발로 서서 여섯, 일곱, 여덟 시간을 보낼 감정적인 자산과 신체적인 자산은 있지만, 이런 수모를 버틸 자산은 바닥났어요. 그들 중 몇 명은 제가 인상적이라고 생각해요, 적어도 몇 명은." "왜 그러지 않겠어? 너는 망막 전문가인데. 너는 눈을 수술하는 의사인데. 너는 사람들이 눈이 머는 걸 막아주잖아." "알아요. 제가 힘들어하는 건 즉각적인 거부예요," 아이는 말했어. "전 그런 데 대비가 되어 있지 않아요." "그런 사람은 아무도 없지." 그렇게 말했지만 도움이 된 것 같지는 않았어. "저는 이걸 이제 할 만큼 해봤어요." 아이는 눈물이 그렁그렁해 말했어. "안 그래요, 데이비드? 데이트 열아홉 번이면?" "맙소사," 나는 말했어. "할 만큼 한 것 이상이지."

엘리나는 그날 밤 엉망이었어. 아이는 새벽까지 쭉 있다가 병원에 가서 씻겠다며 달려나갔어. 우리 둘 다 잠을 별로 자지 못했는데 그 아이가 짝을 만나겠다는 생각을 포기할 필요성에 관해 내가 강의를 하고 아이는 우리가 강의실에서 처음 만났을 때처럼 부지런하고 진지하고 필기 잘하는 학생이 되어 귀를 기울였기 때문이야. 하지만 내가 도움이 되었는지는 모르겠어. 엘리나는 영리하고 엄청나게 유능했지만 자식에 대한 욕망만큼은 생각 없음의 전형이었거든. 그래, 그런 것이 번식 본능을 작동하고, 그래서 슬픈 거지, 맞아. 하지만 생각 없음의 전형이라는 데는 변함이 없어. 그래서 계속해서 다음 단계로 나아가게 돼. 이룬 게 많은 사람에게 이건 너무 원시적인 거야. 하지만 오래, 아주 오래전부터, 어른이 되기 전부터, 망막 질환들이 그 아이 삶의 열정이 되기 전부터, 아이는 어른이란 그런 거라고 상상해왔어.

내가 그 아이에게 무슨 말을 했냐고? 왜 물어? 너도 짝을 이루는 것이 얼마나 유치한 일인지 강의가 필요해? 당연히 그건 유치해. 가족생활은, 오늘날에는 더더욱, 그 분위기를 실질적으로 아이들이 만들고 있어. 아이가 없을 때는 더욱 심각해. 아이 같은 어른이 아이를 대신하기 때문이야. 짝을 지어 사는 생활과 가족생활은 관련된 모두에게서 모든 유치한 것들을 끄집어내. 왜 그들은 매일 밤 똑같은 침대에서 자야 할까? 왜 하루에 다섯 번씩 서로 전화를 해야 할까? 왜 언제나 둘이 함께 있을까? 강요된 존중은 분명히 유치한 거야. 그건 부자연스러운 존중이야. 최근에

미디어에 이름이 알려진 부부가 삼십사 년 동안 결혼생활을 하며 서로 견디는 것을 배우는 경이로운 업적을 이루었다는 글을 어떤 잡지에서 읽었어. 남편이 기자한테 자랑스럽게 말하더군. "아내와 나는 혀에 있는 잇자국 수로 결혼의 건강을 이야기할 수 있다고 말하곤 합니다." 나는 그런 사람들과 함께 있을 때면 궁금해. 이 사람들이 무엇 때문에 이렇게 벌을 받고 있나? 삼십사 년이라니. 거기에 필요한 마조히즘적 엄격함에 경외감을 느끼게 돼.

오스틴에 큰 성공을 거둔 작가 친구가 있어. 50년대 중반에 젊어서 결혼을 했다가 70년대 초반에 이혼을 했어. 품위 있는 여자와 결혼해서 품위 있는 자식 셋을 낳았어—빠져나오고 싶어했지. 하지만 히스테리에 빠지거나 어리석은 방식으로 빠져나오지는 않았어. 어쨌든 그건 인권의 문제였어. 자유가 아니면 죽음을 달라. 자, 이혼 뒤에 그 친구는 혼자 자유롭게 살았고 비참해졌어. 그래서 금세 재혼을 했는데, 이번에는 그 여자와 자식을 낳을 계획이 없었고, 여자에게는 이미 대학생 나이의 자식이 있었어. 자식 없는 결혼생활. 그래, 섹스는 이 년 정도면 끝날 수밖에 없었지만, 이 친구는 첫 결혼 내내 정력적으로 간통을 하고 글에서도 섹스에 초점을 맞추었던 남자야. 그냥 혼자 살았다면 결혼생활 동안 은밀히 속임수로 얻었던 모든 것을 공개적으로 즐기기 시작할 수 있었을 거야. 하지만 속박에서 튀어나오지 못했기 때문에 그는 첫 순간부터 비참했고 앞으로 영원히 비참할 거라고 믿고 있어. 그는 자유롭게 충만함을 마주보고 있으면서도 자기가 어디에 있는지 전혀 몰랐어. 아는 거라고는 그저 더는 견딜 수 없는 조건으로 되돌아가는 길을 찾는 것뿐이었어. 이제 자식을 얻기 위해, 가족을 이루기 위해 등등의 결혼하고 싶은 강력한 논리가 없는데도 말이야. 은밀히 하는 짓의 매력? 그걸 얕볼 생각은 없어. 결혼생활이란 아무리 훌륭하다 해도 방탕한 속임수에서 오는 전율을 확실하게 자극하기 마련이지. 하지만 내 친구의 욕구는 자신의 안정에 기본이 되는 어떤 것을 향하고 있었어. 거짓말의 강을 걸어서 건너는 간통자의 일상적 드라마보다는. 그게 그 친구가 재혼을 하면서 노린 자극은 아니었어. 물론 다시 남편이 되자 거의 즉시 옛 즐거움을 다시 좇기 시작했지만. 해방된 남성이 사회의 대변인을 세운 적도 없고 교육 체제를 갖춘 적도 없다는 것 또한 문제의 일부지. 그런 남성에게는 사회적 지위가 없어. 사람들은 그런 남성이 사회적 지위를 갖는 걸 바라지 않거든. 하지만 이 친구의 환경은 그가 가진 특권을 한껏 누리며 사는 데 너무 잘 맞추어져 있었어. 단지 그렇게 사는 것이 주는 위엄을 얻기 위해서만이라 해도. 하지만 존중하고, 존중하고, 또 존중해? 달래고, 달래고, 또 달래? 이틀에 한 번씩 떠나는 것을 꿈꾸면서? 아니, 그건 남자가 되는 위엄 있는 방법이 아니야. 또, 엘리나에게 말했어, 여자가 되는 위엄 있는 방법도 아니라고.

엘리나가 납득했을까? 모르겠어. 아니라고 생각해. 너는 납득했어? 왜, 왜 웃고 있는 거야? 뭐가 그렇게 즐거워? 나의 가르치려는 경향? 나도 동의해. 어떤 사람의 부조리한 면은 절대 심심치는 않으니까. 하지만 그걸 어쩔 수 있겠어? 나는 비평가야, 나는 선생이야—가르치려는 경향은 나의 운명이야. 역사는 주장과 반대 주장으로 이루어져 있어. 사람은 자기 생각을 강요하거나 아니면 강요당해. 마음에 들든 들지 않든 그런 곤경에 빠지게 돼. 대립하는 힘들은 늘 있어서, 터무니없이 예속을 좋아하는 게 아니라면 늘 전쟁중일 수밖에 없어.

봐, 나는 이 시대에 속하지 않아. 네 눈에도 그게 보이잖아. 네 귀에도 그게 들리잖아. 나는 무딘 도구로 내 목표를 이루었어. 나는 가정생활과 그것을 보호하려고 일어서는 사람들에게 망치를 들었어. 또 케니의 삶에도. 내가 여전히 망치를 든 사람이라는 건 놀랄 일이 아니야. 나의 고집 때문에, 지금 시대에 속해 있고 지금까지 이것들 중 어떤 것도 고집할 필요가 없었던 네게, 내가 마을의 무신론자 비슷한 희극적인 인물이 된다는 것도 놀랄 일이 아니야.

자, 웃음을 가라앉히고 선생이 마무리를 하도록 해주렴. 물론,

쾌락, 경험, 나이는 이제 흥미로운 주제가 아니겠지만…… 흥미로워? 그럼 나를 어떻게 생각하면 좋은지 궁리 좀 해봐. 하지만 이 이야기가 끝난 다음에.

지난 크리스마스였어. 1999년의 크리스마스. 그날 밤 콘수엘라 꿈을 꾸었어. 나 혼자였는데, 그 아이에게 무슨 일이 벌어지는 꿈을 꾸었고, 그래서 연락을 해야 한다고 생각했어. 하지만 전화번호부를 들여다보았을 때 아이는 이제 거기 없었어. 조지의 감독 아래 나 자신을 파괴할 수도 있는 동요가 다시 시작되는 것을 용납하지 않겠다고 결심했기 때문에 오래전 아이가 처음 취직했을 때 전화번호부에서 찾아냈던 어퍼이스트사이드의 주소는 적어놓지 않았어. 자, 일주일 뒤, 새해 전날, 나는 혼자 거실에 있었어, 여자 없이. 밀레니엄 축제를 무시할 생각으로 그날 밤에는 일부러 혼자서 피아노를 치고 있었지. 갈망의 상태에 있지만 않다면 고독하게 사는 것은 그 나름대로 강력한 쾌락이 될 수 있고, 그날 밤 내가 노리고 있던 것이 바로 그런 쾌락이었어. 자동응답기는 켜두었지만, 보통의 경우에도 나는 전화벨이 울릴 때 수화기를 들지 않고 그냥 누구인지 듣기만 해. 특히 그날 밤에는 누구에게서도 'Y2K'에 관해 한마디도 듣지 않으리라 결심하고 있었기 때문에 전화벨이 울릴 때도 그냥 연주를 계속하다가, 마침내 내가 듣고 있는 게 그 아이 목소리라는 것을 깨닫게 된 거야. "여보세요, 데이비드? 저예요. 콘수엘라예요. 이야기를 한 지 너무 오래돼서 전화하는 게 이상하지만 드릴 말씀이 있어요. 제가 직접 하고 싶어요. 다른 사람한테서 듣기 전에. 아니면 느닷없이 듣기 전에. 다시 전화할게요. 어쨌든 제 휴대전화 번호는 이거예요."

나는 얼어붙은 채 메시지에 귀를 기울였어. 나는 수화기를 들지 않았고, 그러다 막상 전화를 받으러 갔을 때는 너무 늦어버렸지. 나는 생각했어, 오 맙소사, 이 아이한테 무슨 일이 생겼구나. 내가 콘수엘라에게 최악의 일이 생겼을 거라고 상상한 건 조지의 죽음 때문이었어. 그래, 조지는 죽었어. 〈타임스〉에서 부고 못 봤어? 조지 오헌이 다섯 달 전에 죽었지. 가장 가까운 남성 친구가 사라진 거야. 이제 남성 친구는 하나도 없는 거나 마찬가지야. 큰 손실이지, 조지와의 동지애가 사라졌다는 것은. 물론 나에게는 동료들, 직장에서 보고 지나가며 이야기를 나누는 사람들이 있지만, 그들이 사는 방식 밑바닥에 깔린 전제와 나의 전제가 워낙 상반되는 터라 우리가 함께 자유롭게 생각한다는 건 어려운 일이야. 우리는 개인 생활을 이야기할 수 있는 공통된 언어가 없거든. 조지는 나의 남성 공동체 전부였는데 어쩌면 그것은 애초에 우리가 속한 남자들의 범주가 작기 때문일 거야. 사실

한 사람의 전우면 충분하지. 사회 전체가 자기편일 필요는 없으니까. 내가 아는 다른 남자들은 대부분—특히 내가 젊은 여자들 중 하나와 함께 있다가 우연히 마주쳤을 경우에는—말없이 나를 판단하거나 공개적으로 설교를 한다는 걸 알게 되었어. 나는 '한계가 있는 남자'다, 그 남자들은 나에게 말하지—한계가 없는 그 남자들은. 그리고 이 설교자들은 내가 그들의 논리가 참이라고 인정하지 않으면 화를 내기도 해. 내가 '으스댄다', 그 남자들은 내게 말해—으스대지 않는 그 남자들은. 물론, 고통에 시달리는 사람들은 나와 전혀 엮이고 싶어하지 않아. 당연히 결혼한 남자들은 누구도 내게 절대 마음을 열지 않지. 그 사람들한테는 아무런 친근감이 없어. 어쩌면 자기들끼리는 속을 털어놓는지도 모르지, 의심스럽기는 하지만—요즘에 남성의 연대가 그렇게까지 멀리 확대되는지 잘 모르겠어. 그 사람들의 영웅적 행동은 자기 포기의 일상성을 금욕적으로 견뎌낼 뿐 아니라 자기 삶의 가짜 이미지를 부지런히 제시하는 거야. 진짜 삶, 감추어지지 않은 삶은 그들의 정신과 의사만을 위해 존재해. 그렇다고 그 남자들 모두가 내가 살아가는 방식 때문에 나에게 적대적이고 내가 잘못되기를 빈다고 주장하는 건 아니야. 내가 누구나 감탄을 자아내게 만드는 것은 아니라고 말하는 게 안전하겠군. 조지가 죽은 뒤로 이제 내 연대의 대상은 전적으로 한때 여자친구였던 엘리나 같은 여자들뿐이야. 그 여자들이 내가 조지와 나누었던 것을 줄 수는 없지만 나도 그들의 관용에 지나친 부담을 주는 것 같지는 않아.

나이? 조지는 쉰다섯이었어. 뇌졸중. 뇌졸중을 일으켰어. 조지가 뇌졸중을 일으킬 때 나도 거기 있었어. 나 말고도 약 팔백 명이 있었어. 92번가의 Y에서였어. 구월의 토요일 밤이었지. 조지는 낭독을 하려던 참이었어. 연단에서 조지를 소개하고 있던 사람이 나였어. 조지는 무대 옆쪽, 청중에게 안 보이는 곳에 앉아 나의 소개말을 즐기며 고개를 주억거리고 있었어. 좁은 장의사 양복을 입고 길고 여윈 다리를 앞으로 쭉 뻗고 있었지—유연한 조지는 양복을 입으면 철사 옷걸이처럼 보이는, 코가 휜 검은 아일랜드인이었어. 아마 우울한 검은색으로 나서서 군중을 매혹해 어머나 소리를 끌어낼 생각으로 자신의 시집 여섯 권을 허벅지에 쌓아놓고 앉아서 기다리다가 뇌졸중을 일으킨 것 같아. 청중이 박수를 치기 시작하고 조지가 일어서다 곧장 의자에서 엎어지면서 의자가 그 친구 몸 위로 쓰러졌거든. 그의 작품들이 사방에 나동그라졌지. 의사들은 조지가 절대 병원을 떠나지 못할 거라고 생각했어. 하지만 조지가 그곳에서 혼수상태로 일주일을 보내자 집에서 죽게 하려고 가족이 데려갔어.

조지는 집에서도 거의 의식을 찾지 못했어. 왼쪽이 마비되었지. 성대도 마비되었고. 뇌의 큰 부분, 그게 그냥 터져버린 거야. 조지의 아들 톰이 내과 의사라서 조지가 죽어가는 과정을 감독했는데, 거기에 다시 구 일이 걸렸어. 정맥주사를 떼어내고, 카테터를 제거하고, 모든 걸 떼어냈지. 조지가 눈을 뜰 때마다 몸을 일으켜 물을 홀짝이고 얼음을 빨게 해주었어. 그것 말고는 최대한 편안하게 해주는 게 다였어. 조지가 괴로울 정도로 느린 속도로 사라져가는 동안.

나는 매일 오후, 하루가 저물 때마다, 조지를 보려고 펠럼으로 차를 몰았어. 조지는 가족을 펠럼으로 격리해놓았기 때문에 뉴스쿨에서 가르치던 긴 세월 동안 맨해튼에서 자유롭게 행동할 수 있었지. 내가 도착했을 때는 가끔 진입로에 차가 대여섯 대씩 세워져 있기도 했어. 자식들이 교대로 자리를 지켰고, 가끔 손자도 한두 명 있었어. 간호사가 있었고, 마지막에는 호스피스 간호사도 있었지. 조지의 부인 케이트는 물론 스물네 시간 자리를 지켰어. 나는 병원 침대를 설치해놓은 침실로 들어가 그의 손, 아직 뭔가를 느낄 수 있는 한쪽 손을 잡고, 십오 분이나 이십 분 함께 앉아 있곤 했는데, 조지는 늘 의식이 없었어. 가쁜 호흡. 신음. 성한 다리가 이따금 꿈틀거리기는 했지만 그 이상은 없었어. 손으로 머리를 쓰다듬고 뺨을 어루만지고 손가락을 꼭 쥐어도 반응이 없었어. 나는 혹시나 조지가 정신을 차리고 나를 알아볼지도 모른다는 희망을 품고 앉아 있다가 집으로 차를 몰았어. 그러던 어느 오후, 내가 나타나자 사람들이 드디어 됐다고 말했어—조지가 깨어 있다는 거야. 들어가세요, 들어가세요. 사람들이 말했어.

가족은 조지의 등에 베개를 받쳐 일으켜세우고 침대도 반쯤 세워놓았어. 딸 베티가 얼음을 먹이고 있었어. 그애는 이로 은빛 얼음을 깨물어 아주 작은 조각을 조지 입안에 넣어주었어. 조지는 입이 움직이는 쪽의 이로 얼음을 깨물어 먹으려 했어. 조지는 이미 멀리 떠나버린 것 같았어, 무척 여위었거든. 하지만 눈은 뜨고 있었고, 그 얼음을 씹으려고 남은 집중력을 모두 사용하고 있었어. 케이트가 문간에 서서 조지를 지켜보고 있었는데, 이 머리가 허연 당당한 여인은 키가 조지와 거의 비슷했지만 전에 봤을 때보다 몸집이 더 커지고 훨씬 지친 것 같았어. 매혹적으로 동그스름하고, 심술궂고, 발랄하고, 고집스러우면서도 왕성한 어떤 기운을 발산하는 여자—중년을 한참 지나서까지 케이트는 그랬어. 현실로부터 움츠러든 적이 없다고 알려진 여자. 하지만 이제는 마지막 전투를 하고 거기에서 패배한 것처럼 완전히 지쳐 보였어.

톰이 욕실에서 젖은 수건을 가져왔어. "닦고 싶어요, 아버지?" 톰이 물었어. "저 친구가 얼마나 알고 있어?" 내가 톰에게 물었어. "얼마나 이해하고 있어?" "뭔가 아는 것처럼 보일 때가 있어요. 그러다가는 또 아닌 것 같아요." "얼마나 깨어 있었지?" "삼십 분쯤이요. 가보세요. 말을 걸어보세요, 데이비드. 목소리를 듣는 걸 즐기는 것 같아요."

즐겨? 이상한 말이야. 하지만 톰은 어떤 상황에서든 쾌활한 의사야. 나는 빙 돌아 조지의 마비되지 않은 쪽으로 갔고, 그동안 톰은 젖은 수건으로 아버지의 얼굴을 닦고 있었어. 그런데 조지가 수건을 아들에게서 가로챘어—성한 손을 뻗어, 수건을 잡고, 손에 쥐더니, 입안으로 쑤셔넣는 바람에 모두가 놀랐지. "너무 목이 마른 거야." 누군가 말했어. 조지는 수건 끝을 빙 돌려 입안으로 밀어넣고 빨기 시작했어. 수건을 꺼내자 거기 뭔가 달라붙어 있었어. 그의 연한 입천장 조각처럼 보였어. 그게 거기 달라붙어 있는 것을 보자마자 베티가 헉하고 숨을 내뱉었고, 함께 방안에 있던 호스피스 간호사가 베티의 등을 토닥이며 말했어. "아무것도 아니에요. 입이 너무 마른 거예요—그냥 살이 조금 벗겨진 것뿐이에요."

입은 비스듬히 기운 채 헤벌어져 있어. 죽어가는 사람 특유의 괴로움에 시달리는 것처럼 보이는 그런 입이었지만, 눈에는 초점이 있었고 심지어 눈 뒤에는 뭔가, 아직 내어주지 않은 조지의 무언가가 있는 것처럼 보였어. 폭탄이 터진 뒤 들쑥날쑥하게서 있는 벽 같았어. 조지는 수건을 움켜쥐던 그 성난 힘으로 그의 몸을 덮고 있는 시트를 끌어내리고 기저귀 모퉁이의 벨크로를 잡아 뜯어 기저귀를 끌어내리려 했어. 한때 그의 다리였던 서글픈 막대 두 개가 드러났어. 전구 안의 텅스텐 필라멘트가 끊어지는 순간—그것이 그의 두 다리를 봤을 때 생각난 거였어. 그의 모든 것, 살과 피로 이루어진 모든 것을 봤지만 생명이 없는 다른 어떤 것이 떠올랐던 거야. "아니, 아니," 톰이 말했어. "그냥 놔두세요, 아버지. 괜찮아요." 하지만 조지는 멈추려 하지 않았어. 화가 잔뜩 나서 기저귀를 잡아당겨 거기에서 벗어나려 했지. 하지만 소용없었어. 효과가 없자 손을 들어올리고 울부짖는 듯한 소리를 내며 베티를 손으로 가리켰어. "왜요?" 베티가 물었어. "모르겠어요. 뭘 원하세요? 뭐예요, 스위트하트?" 조지가 내뱉는 소리는 판독 불가능했지만 그 손짓으로 볼 때 베티가 가능한 한 가까이 다가오기를 바란다는 것은 분명했어. 베티가 다가가자 그는 손을 뻗어 팔을 베티의 등에 두르고 입에 키스할 수 있도록 몸을 앞으로 잡아당겼어. "아 그래요, 아빠," 베티는 말했어. "그래요 아빠는 최고의 아버지예요, 단연 최고죠." 무기력하게 여윈 몸으로 누워, 마치 마지막 숨을 쉬는 듯한 모습으로 간신히 버티던 그 많은 날들이 흐른 뒤 솟아나온 그 힘은 정말 놀라웠어—꽤나 강한 힘으로 베티를 자기 쪽으로 잡아당기고 말을 하려고 했으니까. 어쩌면, 나는 생각했어, 저 친구를 죽게 내버려두어서는 안 되는 건지도 몰라. 이 사람들이 아는 것보다 많은 게 남아 있으면 어쩔 건가? 저 친구가 그걸 보여주려는 거라면 어쩔 건가? 이 사람들에게 작별 인사를 하는 대신 "나를 보내지 마. 나를 구하기 위해 할 수 있는 걸 다 해줘" 하고 말하고 있는 거라면 어쩔 것인가?

그때 조지가 나를 가리켰어. "어이, 조지," 나는 그 친구를 불렀어. "어이, 이 친구야. 나 데이비드야, 조지." 내가 가까이 다가가자 조지는 베티를 움켜쥐듯 나를 움켜쥐더니 내 입에 키스했어. 괴사의 냄새도 없었고, 끈끈한 악취도 없었고, 어떠한 역겨운 냄새도 없었어. 그저 따뜻한 무취의 숨, 존재의 순수한 향기, 바싹 마른 입술뿐이었어. 조지와 나는 평생 처음으로 키스를 나눈 거야. 다시 툴툴거리는 듯한 소리가 들리더니 조지가 톰을 가리켰어. 톰을 가리키고 이어 자신의 발, 침대 끝에 드러나 있는 발을 가리켰어. 시트를 다리 위로 끌어올려주기를 바란다고 생각하고 톰이 시트를 펴자 조지가 더 크게 툴툴거리며 다시 발을 가리켰어. "발을 잡아달라는 거야." 베티가 말했어. "한쪽은 감각도 없는데." 톰이 말했어. "그럼 다른 쪽을 잡아." 베티가 말했어. "좋아요, 아버지, 잡았어요—제가 아버지를 잡았다고요." 그리고 톰은 감각이 살아 있는 발을 끈기 있게 주무르기 시작했어.

다음에 조지는 케이트가 서서 그 모든 것을 지켜보고 있던 문간을 가리켰어. "엄마 오래요, 엄마." 베티가 말했어. 내가 옆으로 물러서자 케이트가 다가와 내가 있던 자리, 침대 옆에 섰고, 그러자 조지는 케이트를 향해 손을 들어올리더니 성한 팔로 자신에게 끌어당겨 베티와 나에게 키스했을 때와 마찬가지로 힘차게 키스했어. 케이트는 마주 키스했어. 이어 그들은 다시 키스했어. 이번에는 긴 키스, 아주 정열적인 키스였어. 케이트는 심지어 눈까지 감았어. 그녀는 지나치다 싶을 정도로 감상을 모르는 현실적인 사람으로, 나는 케이트가 그렇게 소녀다운 행동을 하는 걸 본 적이 없었어.

한편 조지의 성한 손이 케이트의 등을 어루만지다 그녀의 오른팔로 옮겨가더니 블라우스의 소매 단추를 만지작거리기 시작했어. 조지는 단추를 풀려고 했어. "조지," 케이트가 작은 소리로 소곤거렸어. 즐거워하는 목소리였지. "조지이, 조지이……" "도와드려요, 엄마. 단추를 풀려고 하잖아요." 케이트는 다감한 딸의 지시에 따라 웃음을 지으며 순순히 단추를 풀었지만 조지의 손은 이미 다른 소매로 옮겨가 그쪽 단추를 잡아당기고 있었고, 그래서 케이트는 고분고분 그쪽 단추도 풀었어. 그러는 동안에도 조지는 내내 굶주린 듯 케이트의 입술을 찾았어. 케이트는 조지의 망가진 얼굴, 그 엄청나게 외롭고 퀭한 얼굴을 애무했고,

조지가 내밀 때마다 입술에 키스를 했어. 그러자 조지의 손이 블라우스 앞자락의 단추로 올라가 그 단추들을 만지작거리기 시작했어.

조지의 계획은 분명했어. 케이트의 옷을 벗기려는 거였어. 내가 알고 있고, 자식들도 분명히 알고 있었겠지만, 오랫동안 침대에서 손을 대지 않았던 이 여자의 옷을 벗기려는 거였어. 이제는 거의 손도 대지 않는 여자의 옷을. "하게 해줘요, 엄마." 베티가 말했고, 그러자 케이트는 다시 딸이 시키는 대로 했어. 케이트는 자신의 손을 들어올려 조지가 블라우스 앞자락을 여는 걸 도와주었어. 다시 둘이 키스를 할 때는 조지의 성한 손이 그녀의 커다란 브래지어의 천을 잡아당기고 있었어. 하지만, 갑자기, 거기서 끝나고 말았어. 그냥 그렇게 힘이 빠져나가, 조지는 케이트의 축 늘어져 흔들거리는 젖가슴에 결코 이르지 못했어. 조지는 열두 시간이 더 지나서야 죽었지만, 그가 베개 위에 쓰러져 누워 눈을 감고 입을 벌린 채 경주를 끝내고 쓰러진 사람처럼 숨을 헐떡거렸을 때, 우리는 모두 우리가 본 것이 조지의 생명의 마지막 놀라운 행동이었음을 깨달았어.

나중에, 떠나려고 문으로 갔을 때 케이트가 앞쪽 현관까지 나오더니 진입로를 따라 내 차까지 함께 걸었어. 케이트는 내 두 손을 잡고 와주어서 고맙다고 말했어. 내가 그랬지. "여기 와서

이 모든 걸 볼 수 있어 좋네요." "네, 대단했죠, 안 그래요?" 케이트가 말했어. 그러더니 피로한 미소를 띠며 덧붙이더군. "조지가 날 누구로 생각했을지 궁금하네요."

조지가 그렇게 가고 불과 다섯 달이 지난 뒤 콘수엘라가 전화를 해 메시지를 남겼어—"드릴 말씀이 있어요. 제가 직접 하고 싶어요. 다른 사람한테서 듣기 전에"—그래, 말했듯이 나는 그 아이에게 무슨 일이 생겼다고 생각해서 그 메시지에 귀를 기울였어. 이런 종류의 일, 꿈이 전조가 되고 실제로 현실이 뒤따르는 것은 꿈속에서도 아주 으스스한 일인데, 실제 삶에서는? 어째야 좋을지 알 수 없었어. 전화를 해야 할까? 십오 분 동안 그 생각을 했어. 하지만 겁이 나서 전화는 하지 않았어. 왜 그 아이가 나한테 전화를 할까? 도대체 무슨 일일까? 내 인생은 다시 내 손아귀에 들어와 있었고 문제가 없었어. 나에게 콘수엘라와 그 아이의 공격적 굴복을 받아낼 탄력이 있을까? 나는 이제 예순둘이 아니야—일흔이야. 내가 이 나이에 그 불확실성의 광증을 견딜 수 있을까? 내가 감히 열광의 무아지경으로 되돌아갈 수 있을까? 그게 나의 장수에 도움이 되는 일이기는 할까?

그 아이를 잃은 뒤 삼 년 동안 심지어 어둠 속에서 오줌을 누러 일어날 때에도 오로지 그 아이 생각뿐이었던 것이 기억났어.

새벽 네시에 변기 앞에 서서 팔분의 칠은 잠들어 있는 상태에서도, 팔분의 일 깨어 있는 케페시는 그 아이 이름을 중얼거리곤 했지. 보통 노인이 밤에 오줌을 눌 때는 정신이 완전히 텅 비어 있어. 뭔가를 생각할 능력이 있다 해도 오직 침대로 돌아가는 것밖에 생각 못해. 하지만 나는 그렇지 않았어. 그때는 그렇지 않았어. "콘수엘라, 콘수엘라, 콘수엘라." 매번 오줌을 누러 갈 때마다. 그런데 잊지 말 것은, 그 아이는 언어도 없이, 궁리도 없이, 교활함도 없이, 일말의 악의도 없이, 인과에 대한 그 어떤 고려도 없이 나를 그렇게 만들었던 거야. 위대한 운동선수나 이상화된 조각품이나 숲에서 흘끗 본 짐승처럼, 마이클 조던처럼, 마욜*처럼, 올빼미처럼, 살쾡이처럼, 아이는 신체의 광채라는 단순한 걸로 그렇게 했던 거야. 콘수엘라에게서는 사디즘적인 면이라고는 찾아볼 수 없었어. 종종 그런 수준의 완벽함에 따라다니는 무관심이라는 사디즘조차 없었어. 아이는 그런 잔인함을 드러내기에는 너무 고지식했고 너무너무 착했어. 아이가 아주 잘 자라 자신의 타고난 재능의 아마존족 같은 힘을 한껏 활용하지 않았기에 망정이지, 그렇지 않았다면 나를 어떤 조롱거리로 만들었을지 상상해봐. 그 아이가 아마존적인 의식까지 갖추고 마키아벨리처럼

---

* 프랑스의 조각가.

자신이 가진 영향력을 파악했을 경우를 상상해보란 말이야. 다행히도, 대부분의 사람들처럼, 아이는 끝까지 생각을 해보는 훈련을 받지 않았고, 우리 둘 사이에 그 모든 일을 만들어놓고도 결코 일어난 일을 다 이해하지는 못했어. 이해했다면, 거기서 더 나아가 불 위에 올라선 남성을 괴롭히는 취향이 조금이라도 있었다면, 나는 나 자신의 '백경白鯨'에 완전히 난파해 가망 없는 사람이 되고 말았을 거야.

그런데 이제 그 아이가 다시 나타났어. 안 돼, 절대로 안 돼! 내 마음의 평화를 공격하는 일이 두 번 다시 있어서는 안 돼!

하지만 나는 생각했어, 그 아이가 나를 찾고 있다, 그 아이에게 내가 필요하다, 연인으로서가 아니다, 선생으로서가 아니다, 새로운 연재물을 덧붙여 우리의 에로틱한 이야기를 이어가기 위해서가 아니다. 그래서 아이의 휴대전화로 전화를 걸어 가게에 갔다가 막 돌아왔다고 거짓말을 하자 아이가 말했어. "지금 차 안이에요. 선생님 사는 건물 앞에서 메시지를 남겼던 거예요." 나는 말했어. "새해 전날 밤에 차를 몰고 뉴욕을 돌아다니며 뭘 하는 거야?" "저도 제가 뭘 하는지 모르겠어요." 아이가 말했어. "울고 있는 거야, 콘수엘라?" "아뇨, 아직은요." 그래서 내가 말했지. "초인종을 눌렀어?" 아이가 말했어. "아뇨, 안 눌렀어요. 감히 그럴 수가 없어서." "너는 언제든지 초인종을 누를 수 있어, 언제든지. 너도 그걸 알잖아. 무슨 일이야?" "지금 선생님이 필요해요." "그럼 와." "시간 있어요?" "너한테는 늘 시간이 있지. 와." "중요한 일이 있어요. 바로 갈게요."

수화기를 내려놓았지만 무엇을 예상해야 할지 알 수가 없었어. 이십 분 뒤 차가 멈추었고, 문을 열어주는 순간 뭔가 잘못되었다는 것을 알았어. 아이가 페즈* 비슷한 모자를 쓰고 있었기 때문이야. 그것은 그 아이가 쓰고 싶어할 만한 것이 아니었어. 아이에게는 새까만 머리, 늘 가꾸는, 늘 감고, 솔질하고 빗질하는 윤기 흐르는 머리가 있었어. 두 주에 한 번씩 미장원에 가곤 했지. 그런데 이제 머리에 페즈를 쓰고 서 있었어. 세련된 코트도 입고 있었는데, 벨트가 달린 검은색 페르시아 양털 외투로 거의 바닥까지 내려왔어. 벨트를 풀자 코트 밑으로 비단 셔츠와 함께 가슴의 갈라진 틈이 보였어—어여뻤지. 그래서 나는 아이를 끌어안았고 아이도 나를 안았어. 아이가 내게 코트를 맡길 때 내가 "모자는? 페즈는?" 하고 묻자 아이는 말했어. "그냥 놔두시는 게 좋을 거예요. 벗으면 너무 놀라실 테니까." 내가 물었어. "왜?" 아이가 말했어. "많이 아파서요."

우리는 거실로 갔고 그곳에서 내가 다시 아이를 끌어안자 아

* 터키 모자.

이는 몸을 내게 들이밀었고, 그러자 그 젖통이, 아름다운 젖통이가 느껴지고 어깨 아래로 아름다운 궁둥짝이 보였어. 아름다운 몸이 보이는 거야. 아이는 이제 삼십대, 서른둘이지만 덜 예쁜 게 아니라 더 예뻐졌고, 어쩐지 약간 길어진 듯한 얼굴은 훨씬 여자다워졌어—아이는 나에게 말하고 있었어. "머리카락이 하나도 없어요. 시월에 암이라는 얘기를 들었어요. 유방암에 걸렸어요." 나는 말했어. "끔찍해, 무시무시해, 기분은 어때, 그런 건 도대체 어떻게 해야 하는 거야?" 십일월 초에 화학치료가 시작됐고 아이는 금세 머리카락을 잃었어. 아이는 "그 이야기를 꼭 하고 싶었어요" 하고 말했고, 함께 자리에 앉았을 때 나는 말했어. "다 얘기해줘." "어, 우리 이모가 유방암에 걸린 적이 있는데 치료를 받으면서 유방 한쪽을 절제했어요. 그래서 우리 가족에게 그런 위험이 있다는 건 알고 있었어요. 늘 알고 있었고, 늘 무서워하고 있었어요." 아이가 말하는 동안 내내 나는 생각하고 있었어, 네가, 세상에서 가장 찬란한 젖을 가진 네가. 아이가 말했어. "어느 날 아침 샤워를 하고 있는데 겨드랑이 밑에서 뭐가 느껴졌고 문제가 있다는 걸 알았어요. 의사한테 갔더니 걱정할 일은 아닐 거라고 했어요. 그래서 다른 의사 또 다른 의사를 찾아가봤어요, 그런 얘기 잘 아시잖아요. 그랬더니 세번째 의사가 걱정할 게 있다고 했어요." "그래서 겁에 질렸어?" 내가 물었어. "겁에 질린 거야, 이 사랑스러운 친구야?" 나는 크게 흔들렸고, 나야말로 겁에 질려 있었어. "네," 아이가 말했어. "엄청나게." "밤에?" "네, 제 아파트 주위를 달렸어요. 완전히 제정신이 아니었죠." 그 말을 듣고 나는 울기 시작했고 우리는 다시 끌어안았어. "왜 나한테 연락하지 않았어? 왜 그때 나한테 연락하지 않았어?" 그러자 아이가 다시 말했어. "감히 그럴 수가 없었어요." 그래서 내가 말했어. "그럼 누구한테 연락할 생각을 했어?" 그러자 아이가 말했어. "물론 어머니. 하지만 어머니도 겁을 먹을 거란 걸 알았어요. 내가 자기 딸이니까, 외동딸이니까, 그리고 어머니는 아주 감정적인 사람이니까, 또 다들 죽었으니까. 데이비드, 다 죽었어요." "누가 죽었는데?" "아버지가 돌아가셨어요." "어떻게?" "비행기 사고로요. 파리 가는 비행기를 타고 계셨어요. 출장 가는 길이었어요." "아, 저런." "그래요." "그리고 네가 많이 사랑한 할아버지는?" "돌아가셨어요. 육 년 전에. 다 할아버지를 잃으면서 시작됐어요. 심장마비였어요." "그리고 네 할머니는, 묵주를 좋아하던? 여자 공작이던 할머니." "할머니도 돌아가셨어요. 할아버지가 돌아가신 뒤에. 늙어서 돌아가셨죠." "남동생은 아니겠지……?" "아니, 아니에요, 그애는 괜찮아요. 하지만 그애한테는 연락할 수가 없었어요, 이런 걸로는 못해요. 그애는 이런 걸 감당하지 못해요. 그때 선생님 생각을 했어요.

하지만 선생님이 혼자이실지 알 수가 없었어요." "그건 문제가 아니지. 이제 나한테 한 가지 약속을 해줘. 밤이건, 낮이건, 언제건 공포가 찾아오기 시작하면 나한테 전화를 하겠다고. 내가 언제든지 갈게. 자," 나는 말했어. "네 주소를 적어. 전화번호를 다 적어, 직장, 집, 다." 그러면서 나는 생각하고 있었어, 이 아이가 내 눈앞에서 죽어가고 있구나, 이 아이도 이제 죽어가고 있구나. 사랑하는 나이든 할아버지의 예측 가능한 죽음으로 아이의 화목한 쿠바 가족에게 불안정성이 스며들자마자 불행의 폭포가 빠르게 쏟아져내리기 시작해 암으로 절정에 이르렀구나.

나는 "지금도 무서워?" 하고 물었어. 그러자 아이가 말했어, "아주. 아주 무서워요. 이 분 동안은 괜찮아서 다른 생각을 하고 있다가 뱃속의 바닥이 푹 꺼지면서 지금 벌어지고 있는 일을 도무지 믿을 수가 없게 돼요. 롤러코스터를 탄 것 같은데, 도무지 멈추지를 않아요. 암이 멈추지 않는 한 멈출 수가 없어요. 제 가능성은," 아이가 말했어. "살 확률 육십 퍼센트 죽을 확률 사십 퍼센트예요." 그러더니 아이는 인생이 얼마나 가치 있고 무엇보다 어머니한테 얼마나 미안한지 모르겠다는 이야기로 빠져들었어—진부하지만 불가피한 이야기였어. 정말 하고 싶은 게 많았는데, 정말 계획이 많았는데 등등. 몇 달 전의 모든 작은 불안이, 일과 친구와 옷에 관한 걱정이 얼마나 어리석어 보이는지 모른다고, 이렇게 되니 모든 일을 거리를 두고 보게 된다고 이야기하기 시작했고, 나는 속으로, 아니야, 어떤 것도 어떤 것을 거리를 두고 보게 해주지 않아, 하고 생각했어.

나는 아이를 지켜보고, 아이의 말에 귀를 기울이다 더 들리지 않을 때 말했어. "네 가슴을 만져도 괜찮을까?" 아이가 말했어. "그럼요, 괜찮아요." "정말 괜찮아?" "괜찮아요. 선생님한테 키스하는 건 좀 그래요. 성적인 건 전혀 원하지 않으니까. 하지만 선생님이 제 가슴을 얼마나 좋아하는지 아니까 가슴은 만지세요." 그래서 나는 가슴을 만졌어—떨리는 손으로. 그리고 물론 발기했지. 내가 "왼쪽 가슴이야 오른쪽 가슴이야?" 하고 묻자 아이는 "오른쪽 가슴이에요" 하고 대답했어. 그래서 나는 아이의 오른쪽 젖가슴에 손을 얹었어. 에로틱한 면과 다정한 면이 결합되면 그것은 사람을 녹이는 동시에 흥분시키는데, 그때 그런 일이 벌어지고 있었어. 딱딱해지면서 녹아, 동시에. 그렇게 나는 아이의 젖가슴에 손을 얹고 함께 앉아 이야기를 하다가 물었어. "이래도 괜찮아?" 그러자 아이가 말했어. "심지어 선생님의 더 많은 걸 원해요. 선생님이 제 가슴을 사랑한다는 걸 아니까." 나는 말했어. "뭘 원하는데?" "제 암을 느껴주시기를 바라요." 내가 말했어. "그렇게 할게. 좋아. 하지만 나중에, 나중에 그걸 하자고."

너무 빨랐어. 나는 아직 거기에는 준비가 되어 있지 않았어. 그래서 우리는 이야기를 했고, 아이가 울기 시작해서 아이를 위로하려 했는데, 갑자기 아이는 울음을 멈추더니 아주 힘차고, 아주 단호해졌어. 아이가 나에게 말했어. "데이비드, 제가 여기 온 건, 사실, 오직 한 가지 요청, 한 가지 질문이 있었기 때문이에요." 그래서 내가 말했어. "그게 뭔데?" 아이가 말했어. "선생님 뒤에는 선생님만큼 내 몸을 사랑한 남자친구나 애인이 없었어요." "남자친구들이 있었어?"

다시 거기로. 남자친구 같은 건 잊어버려라. 하지만 그럴 수가 없었어. "있었어, 콘수엘라?" "네, 하지만 많지는 않았어요." "남자들하고 자주 잤어?" "아뇨. 빈번했다고 할 수는 없어요." "일은 어땠어? 직장에서는 너를 사랑한 사람이 없었어?" "모두 사랑했죠." "이해할 수 있어. 그런데 뭐야," 나는 말했어. "다들 게이였다는 거야? 여자를 좋아하는 남자는 만나지 못한 거야?" "만나요, 만났어요, 하지만 별로예요." "왜 별로인 거야?" "그냥 제 몸에 대고 자위를 하는 거나 다름없어요." "이런, 이거 안타까운 일이로군. 어리석은 일이야. 제정신이 아니야." "하지만 선생님은 제 몸을 사랑했어요. 저는 그게 자랑스러웠고요." "그전에도 네 몸을 자랑스러워했잖아." "그렇기도 하고 아니기도 해요. 선생님은 제 몸이 가장 찬란할 때 보셨어요. 그래서 의사들이 하게 될 짓 때문에 제 몸이 망가지기 전에 선생님이 봐주셨으면 좋겠어요." "그런 식으로 말하지 마. 그런 식으로 생각하지 마. 아무도 너를 망치지 못해. 의사들이 어떻게 할 거라는데?" 그러자 아이는 말했어. "화학치료를 받았어요. 그래서 모자를 벗지 않는 거예요." "그렇겠지. 하지만 네가 걱정하는 부분에서는 나는 뭐든 견딜 수 있어. 뭐든 네가 원하는 대로 해." 아이가 말했어. "아뇨, 선생님한테 그건 보여드리고 싶지 않아요. 머리카락에 이상한 일이 일어나거든요. 화학치료를 받은 뒤에는 머리카락이 한 줌씩 자라기 시작해요. 머리에서 아기 머리카락 같은 게 자라요. 아주 이상해요." 내가 물었어. "음모도 사라져?" "아뇨," 아이가 말했어. "그건 아니에요. 그대로 있어요. 그것도 이상해요." 내가 말했어. "의사한테 물어봤어?" "네," 아이가 말했어. "하지만 의사도 이유를 몰라요. 그 여의사가 '그거 좋은 질문이네요' 그러더라고요. 제 팔을 보세요," 콘수엘라가 말했어. 아이의 길고 늘씬한 팔의 피부는 희디희었는데 가늘고 어여쁜 털은 실제로 그대로 있었어. "보세요," 아이가 말했어. "팔에는 털이 있는데 머리에는 없는 거예요." "그래," 내가 말했어. "나는 대머리 남자를 많이 알아. 그러니 대머리 여자인들 내가 왜 못 보겠어?" 아이가 말했어. "싫어요. 보시는 걸 바라지 않아요."

이윽고 아이가 말했어. "데이비드, 큰 부탁 하나 드려도 될까요?" "물론이지. 뭐든지." "내 가슴에 작별 인사를 해주실 수 있어요?" 내가 말했어. "내 소중한 아이야, 내 어여쁜 아이야, 그자들은 네 몸을 부수지 못할 거야, 부수지 못해." "글쎄요, 이렇게 가슴이 크다는 건 운좋은 일이지만 삼분의 일쯤 들어내야 할 거예요. 의사는 수술을 최소화하려고 온갖 노력을 하고 있어요. 인도적인 의사예요. 그녀는 훌륭하죠. 푸주한이 아니에요. 무정한 기계가 아니에요. 처음에는 화학치료로 암을 줄이려고 노력했어요. 그래야 수술을 할 때 가능한 한 조금만 들어낼 수 있으니까요." "하지만 복구시킬 수 있어, 다시 만들 수 있어, 안 그래? 얼마를 들어내든 말이야." "그래요, 실리콘 같은 걸 집어넣을 수 있죠. 하지만 제가 그걸 원하는지는 잘 모르겠어요. 이건 제 몸이지만 그건 제 몸이 아니니까요. 그건 아무것도 아닐 거예요." "그럼 내가 어떻게 작별 인사를 하면 될까? 뭘 원해? 나한테 뭘 부탁하는 거야, 콘수엘라?" 그러자 마침내 아이가 나에게 말해주었어.

나는 카메라, 줌렌즈가 달린 라이카를 가져왔고 아이는 일어섰어. 우리는 커튼을 쳤고, 우리는 모든 불을 켰고, 나는 적당한 슈베르트를 찾아 틀었고, 아이가 춤을 추었다고 할 수는 없지만 옷을 벗기 시작했을 때 그 움직임은 약간 이국적이고 동양적이었어. 아주 우아하고 아주 무너지기 쉬워 보였지. 나는 소파에 앉아 있었고 아이는 서서 옷을 벗고 있었어. 아이가 옷을 벗어 하나씩 내려놓는 동작은 마법을 부린 듯 매혹적이었어. 마타하리. 장교를 위해 옷을 벗는 스파이. 그러는 동안에도 내내 당장이라도 부서져버릴 것 같았어. 아이는 먼저 블라우스를 벗었어. 이어 신발. 여기에서 신발을 벗는다는 것이 특별했어. 그다음에는 브라를 벗었어. 그러자 마치 옷을 벗은 사람이 양말을 벗지 않은 것처럼, 약간 익살맞아 보이는 느낌이었어. 가슴을 드러내고 스커트는 입은 여자는 나에게 에로틱하지 않아. 어쩐 일인지 스커트가 그림에 혼란을 일으켜. 가슴을 드러내고 바지를 입었을 땐 아주 에로틱하지만 스커트만 입었을 때는 효과가 없어. 스커트를 입으려면 브라를 그대로 차고 있는 게 차라리 더 낫지. 젖가슴은 드러낸 채 스커트만 입고 있으면 누구한테 젖을 먹이려는 것 같아.

그렇게 아이는 나에게 자신을 보여주었어. 팬티만 남을 때까지 옷을 벗었어. 아이가 말했어. "제 가슴을 만질 수 있어요?" "그게 네가 원하는 사진이야, 내가 만지는 게?" "아니, 아니에요. 먼저 만져주세요." 그래서 나는 그렇게 했어. 그러자 아이가 말했어. "카메라를 마주보는 사진, 옆모습, 그다음에는 아래로 늘어뜨린 사진을 찍어주세요."

아이의 사진을 서른 장 정도 찍었어. 아이가 포즈를 선택했는데, 모든 것을 원했어. 아이는 자기 두 손으로 밑에서 받쳐, 두 손으로 잡는 걸 원했어. 꽉 쥐는 걸 원했어. 왼쪽으로부터 찍는 것, 오른쪽으로부터 찍는 것, 몸을 앞으로 구부렸을 때 찍는 것을 원했어. 마침내 아이가 팬티를 벗었고 음모가 전과 다름없이 그대로 거기 있는 걸, 내가 묘사한 대로 있는 걸 볼 수 있었어. 윤기가 반지르르하니 납작하게 누워 있었어. 아시아인의 음모. 아이는 팬티를 벗는 것에, 그리고 내가 아무것도 걸치지 않은 자신을 보는 것에 갑자기 달아오른 것 같았어. 갑자기 일어난 일이었지. 젖꼭지를 보고 아이가 달아올랐다는 것을 알 수 있었어. 이제 나는 식은 상태였지만. 그럼에도 나는 아이에게 물었어. "자고 가고 싶어? 나랑 자고 싶어?" 아이는 말했어. "아니요. 선생님하고 자고 싶지 않아요. 하지만 선생님 품에 들어가 있고 싶기는 해요." 나는 지금처럼 옷을 다 입고 있었어. 아이는 소파에 앉아 내 품에 안겨서, 나와 가까이 붙어 있었는데, 내 손목을 잡더니 내 손을 자기 겨드랑이에 넣어 암을 만져보게 했어. 돌 같은 느낌이더라고. 겨드랑이의 돌. 하나가 다른 하나보다 큰 작은 돌 두 개가 있다는 건 젖가슴에서부터 전이가 일어나고 있다는 뜻이었어. 하지만 젖가슴 안에서는 느껴지지 않았어. "왜 가슴에서는 만져지지 않는 거지?" 하고 묻자 아이가 말했어. "제 가슴은 너무 커요. 조직이 너무 많아 만져지지 않는 거예요. 가슴 안쪽 깊은 곳에 있어요."

나도, 아이의 피를 핥은 사람임에도, 아이와 잘 수는 없었을 거야. 그렇게 오랜 세월 그 아이 생각에 사로잡혔지만 아이가 이렇게 괴상하게 가엾은 모습이 아니라 정상적인 상황에서 나타났다면 그냥 아이를 보는 것조차 어려웠을 거야. 따라서, 맞아, 나는 아이와 잘 수 없었을 테지만, 그래도 계속 그 생각을 하고 있었어. 너무 아름다웠거든, 아이의 젖가슴이. 아무리 여러 번 말해도 말로 다 할 수가 없어. 너무 비열하고, 너무 타락한 짓이다, 이런 젖가슴을, 아이의 젖가슴을—그냥 그 생각뿐이었어. 이건 파괴될 수 없다! 말했듯이 우리가 헤어져 있던 그 세월 동안 나는 끊임없이 아이를 생각하며 자위를 했어. 다른 여자와 침대에 있으면서도 아이를, 아이의 젖가슴을, 내가 그 속에 얼굴을 묻었을 때 어땠는지를 생각했어. 그 부드러움, 그 매끄러움, 내가 그 무게, 그 부드러운 무게를 느낄 수 있었던 동작을 생각했어. 다른 사람에게 입을 들이대면서 그런 생각을 했다는 거야. 하지만 그 순간 나는 아이의 삶이 이제는 성性적인 삶이 아님을 알았어. 다른 것이 위기에 처한 거였어.

그래서 나는 아이에게 말했어. "병원에 같이 갈까? 원한다면 그럴 수 있어. 그렇게 하겠어. 너는 혼자나 마찬가지잖아." 아이는 생각해보겠다고 했어. 이렇게 말하더군. "그런 말씀 해주시니 정말 고맙지만 아직 모르겠어요. 수술 받은 직후에 선생님을 보고 싶을지 모르겠어요." 아이는 한시 반쯤 떠났어. 온 것은 여덟시쯤이었지. 아이는 찍어달라고 한 사진을 내가 어떻게 할 것인지 묻지 않았어. 인화한 걸 보내달라고도 하지 않았어. 난 아직 사진을 현상하지 않았어. 보고 싶은 호기심은 생겨. 확대를 할 거야. 물론 아이에게도 한 세트 보낼 거야. 하지만 현상을 하려면 믿을 만한 사람을 찾아야겠지. 오래전 관심이 있을 때 직접 현상하는 법을 배워뒀어야 했는데 그렇게 하지 않았어. 쓸모가 있었을 텐데.

이제 아이는 언제라도 병원에 갈 거야. 지금이라도, 당장 내일이라도 메시지가 올 수 있다고 예상하고 있어. 삼 주 전에 본 후로는 아직 소식이 없어. 소식이 올까? 소식이 올 거라고 생각해? 아이는 자기한테 연락을 하지 말라고 했어. 나에게서 더 원하는 게 없다고 했어—그게 아이가 떠나면서 한 말이었지. 하지만 나는 혹시라도 연락을 놓칠까봐 전화기 옆에서 철야를 하다시피 해왔어.

아이가 온 이후로 나 스스로 유방암 치료에 관해 알아보려고 아는 사람들, 아는 의사들에게 전화를 해봤지. 늘 나는 이런 종류의 문제에는 먼저 수술을 하고 그다음에 화학치료를 하는 게 절차라고 알고 있었기 때문이야. 아이가 여기 있는 동안 나는 그

것 때문에 걱정을 하고 있었어—계속 생각을 했어, 이 아이 병에는 내가 이해하지 못하는 게 있다. 나중에야 화학치료를 먼저 하는 것이 전혀 들어보지 못한 일은 아니며, 그것이 국지적으로 진전된 유방암 치료를 위한 표준적 절차가 되어가고 있다는 것을 알게 되었지만, 문제는 물론 그게 아이한테 맞는 치료냐 하는 거야. 생존 확률 육십 퍼센트라는 건 무슨 뜻이었을까? 왜 육십밖에 안 될까? 누가 말해준 것일까, 아니면 어디서 읽은 것일까, 아니면 겁에 질려 스스로 꾸며낸 것일까? 아니면 그자들이 허영심 때문에 장기적인 생존을 걸고 도박을 하고 있는 것일까? 어쩌면 단지 충격에 따른 반응일지 모르지만—그것도 충분히 전형적인 반응이지만—아이 이야기에 뭔가가 있다는, 아이가 나에게 말하지 않았거나 아이 자신도 듣지 못한 게 있을 거라는 생각을 멈출 수가 없었어…… 어쨌든, 그게 내가 들은 이야기였고, 아직 그 이상은 듣지 못했어.

아이는 새벽 한시 반에, 시카고에 새해가 찾아온 뒤에 떠났어. 우리는 차를 마셨지. 와인도 한 잔 마시고. 아이가 원했기 때문에 텔레비전을 켰고 새해가 오스트레일리아에서부터 시작해 아시아와 유럽을 쓸고 오는 광경의 재방송을 보았어. 아이는 약간 감상적이었어. 이야기를 들려주었지. 자신의 유년에 관해. 아버지가 아주 어렸을 때부터 오페라에 데려가던 것. 아이는 꽃가게 이야기를 해주었어. "지난 토요일에 어머니하고 매디슨 애비뉴에서 꽃을 사고 있었어요." 아이가 말했어. "그런데 꽃가게 주인이 '모자 참 멋지네요' 그러기에 제가 '이유가 있어서 쓰고 있는 거예요' 했더니 그 남자가 알아듣고는 얼굴을 붉히고 사과를 하면서 공짜로 장미 한 다발을 주더라고요. 사람들이 불행을 당한 인간에게 어떻게 반응하는지 볼 수 있어요. 어쩔 줄을 몰라요. 무슨 말을 해야 할지, 어떻게 해야 할지 몰라요. 그래서 선생님한테 무척 감사해요." 아이는 그렇게 말했어.

내가 어떤 기분이었냐고? 그날 밤 나는 아이가 자기 침대에서 혼자 겁에 질려 있다는 것 때문에 가장 큰 고통을 느꼈어. 죽음 때문에 겁에 질려 있을까봐. 이제 어떻게 될까? 어떻게 생각해? 내 추측으로는 나한테 병원에 같이 가자고 하지는 않을 것 같아. 내가 제안한 것이 기뻐도 때가 되면 자기 어머니하고 병원에 갈 거야. 새해 전날 저녁에는 너무 비참하고 겁에 질려 초대받은 파티에 가지 못하고 또 너무 비참하고 겁에 질려 혼자 있지도 못했기 때문에 그냥 미쳐 날뛰었던 건지도 몰라. 아이가 겁에 질린다고 나한테 전화할 것 같지는 않아. 아이는 그런 제안을 원했지만, 받아들이지는 않을 거야.

아니면 내가 틀린 건지도 몰라. 두세 달 뒤에 나를 찾아와 같이 자고 싶다고 말할지도 몰라. 내가 늙고 나 자신이 완벽과는 거리가 멀기 때문에 나보다 젊은 남자보다는 나와 같이 자고 싶다고. 아직 고갈로 넘어가지는 않았지만 내가 다니는 헬스장의 남자들, 융케 루스벨트 취임 이전에 태어나지 않은 것처럼 보이는 남자들과는 달리 이제는 부패하는 시신을 잘 감추지 못하기 때문에 나와 같이 자고 싶다고.

내가 그럴 수 있을까? 평생 나는 이런 식으로 절단당한 여자와 자본 적이 없어. 나로서는 몇 년 전에 알던 여자 한 사람 이야기만 할 수 있는데, 그 여자는 내 아파트로 오는 길에 말했어. "솔직히 말해야겠는데…… 수술 때문에 나는 가슴이 하나밖에 없어요. 그것 때문에 충격받지 않았으면 해서." 자, 스스로 아무리 기가 세다고 생각한다 해도 솔직히 말하자면 가슴이 하나뿐인 여자를 본다는 것은 그리 마음이 끌리는 일은 아니야, 안 그래? 나는 약간 놀랐지만 겉으로는 하나뿐인 젖가슴 때문이 아닌 척 행동할 수 있었고, 여자를 안심시키려 애쓰며 초조함을 드러냈던 것 같지는 않아. "아, 바보 같은 소리 마, 같이 자러 가는 거 아니니까. 우리는 그냥 좋은 친구고 계속 좋은 친구로 남아야 한다고 생각해." 짙은 갈색의 와인 자국이 있는 여자와 잔 적은 있어—두 젖가슴 사이에, 그리고 양쪽 젖가슴 위 일부에도 있었으니, 거대한 모반母斑이었던 게지. 이 여자도 키가 컸어. 196센티미터. 내가 뒤꿈치를 들고 목을 쭉 빼고 키스해야 했던 유일한 여자였어. 그 여자와 키스하느라 목에 경련이 생겼지. 함께 침대에 갔을 때 여자는 먼저 치마와 팬티를 끌어내리면서 옷을 벗기 시작했는데, 여자들은 보통 그러지 않아. 여자들은 대개 블라우스 먼저 벗어. 상체부터 벗기 시작하지. 하지만 이 여자는 스웨터와 브라를 그대로 두었어. 내가 말했어. "브라와 스웨터는 벗지 않으려고?" "네, 놀라실까봐." 여자는 말했어. "나한테 문제가 좀 있거든요." 나는 웃음을 지으며 가볍게 넘어가려고 했어. "말해봐, 문제가 뭔데?" 여자가 말했어. "어, 가슴에 충격을 받으실 만한 게 있어요." "아, 걱정 마. 보여줘." 그러자 여자는 보여줬어. 그때부터 나는 지나친 행동을 하기 시작했어. 모반에 키스를 하고. 그걸 만지고. 그걸 가지고 놀고. 예의를 지키려고. 여자가 그것에 행복을 느끼게 해주려고. 그게 무척 마음에 든다고 말하면서. 그런 건 당연한 것처럼 받아들이기가 쉽지 않아. 하지만 책임을 져야 하고, 히스테리를 부리지 말아야 하고, 우아하게 처리해야 하지. 몸이 감수해야만 하는 것에서 움츠러들지 말아야 해. 그 와인 자국. 그게 그 여자에게는 비극이었어. 196센티미터. 다른 남자들도 나처럼 이 놀라운 키 때문에 끌렸어. 하지만 이 여자는 모든 남자에게 같은 이야기를 해야 돼. "나한테 문제가 좀 있거든요."

사진. 콘수엘라가 나한테 사진을 찍어달라고 한 걸 결코 잊지 못할 거야. 밖에서 훔쳐보는 사람에게는 포르노그래피의 한 장면처럼 보일 뿐일 수도 있겠지. 하지만 그것은 포르노그래피와는 가장 거리가 멀어. "카메라 있어요?" "카메라 있지," 나는 말했어. "저 좀 찍어주실래요? 선생님이 아시던 제 몸을 사진으로 갖고 싶어서요. 선생님이 보시던 대로. 곧 달라질 테니까요. 이런 일을 부탁할 수 있는 다른 사람은 알지 못해요. 다른 남자한테는 이걸 부탁할 수가 없어요. 그럴 수 있었으면 선생님을 귀찮게 하지도 않았을 거예요." "그래," 나는 아이에게 말했어. "해보자. 뭐든지. 원하는 대로 말만 해. 뭐든지 해달라고만 해. 나한테 다 말해." "음악 좀 틀어주실래요?" 아이가 말했어. "그러고 나서 카메라를 가져오세요." "어떤 음악을 원해?" 내가 물었어. "슈베르트요. 슈베르트의 실내악." "알았어, 알았어." 나는 그렇게 대답했지만 속으로, 하지만 〈죽음과 소녀〉는 안 되지, 하고 중얼거렸어.

하지만 아이는 나에게 사진을 보내달라고 하지 않았어. 콘수엘라가 세상에서 가장 똑똑한 여자는 아니라는 것을 잊지 마. 그랬다면 사진은 이야기가 달라졌을 거야. 그랬다면 전술이 개입했을 거야. 그랬다면 아이의 전략을 생각해야 했을 거야. 하지만 콘수엘라에게는 무엇을 하든 반半의식적 자발성이 있었어. 그냥 딱 이거다 하는 느낌이 있는 거야. 자기가 도대체 뭘 하고 있는지, 또는 정확히 왜 하고 있는지는 몰라도. 나에게 와서 사진을 찍는 것, 그것은 본성에, 처음부터 그냥 떠돌던 생각에, 직관에 아주 가까운 것으로, 그 뒤에는 어떤 숙고에서 나온 논리도 없어. 논리를 꾸며낼 수도 있겠지만 콘수엘라에게는 그럴 생각이 없었을 거야. 아이는 그냥 이것을 해야만 한다고 느끼는 거야. 아이는 그런 식으로 말해, 나를 위해 기록을 남겨야 한다고, 아이의 몸을, 그 특질을, 그 흠 없는 완벽함을 그렇게 사랑한 사람이 나니까. 하지만 거기에는 그 이상의 많은 것이 있었어.

나는 여자들은 대부분, 심지어 콘수엘라처럼 아주 어여쁜 경우에도, 자기 몸에 자신이 없다는 걸 알게 되었어. 모든 여자가 자기 몸이 어여쁘다는 것을 아는 게 아니야. 그걸 알려면 어떤 유형의 여자가 필요해. 대부분은 불평할 필요가 없는 걸 불평하지. 흔히들 젖가슴을 감추고 싶어해. 나로서는 그 원천을 짐작할 길이 없는 수치감도 있어서, 오랫동안 자신감을 불어넣어주어야만 노출을 하면서 어떤 진정한 쾌감을 느끼고 남이 보는 것에 진정한 쾌감을 느끼게 되지. 아무리 운이 좋은 여자라 해도 말이야. 자신을 자유롭게 보여줄 수 있는 여자는 극소수인데, 요즘에는 그 모든 논쟁 때문에 그런 여자들이 늘 본보기가 될 만한 젖가슴, 내가 만들면 이렇게 만들겠다 할 만한 그런 젖가슴을 갖고 있는 건 아니야.

하지만 콘수엘라의 몸의 에로틱한 힘—그래, 그것은 끝났어. 그래, 그날 밤 나는 발기를 했지만 유지할 수가 없었어. 발기를 하고 충동을 느낀 것은 꽤 운이 좋은 일이지만, 만일 그날 밤 아이가 같이 자자고 했다면 아주 곤란했을 거야. 수술에서 회복된 뒤 그러자고 한다 해도 아주 곤란할 거야. 아이는 그러자고 하겠지만. 당연히 그러자고 하겠지, 안 그러겠어? 우선 익숙한 사람, 늙은 사람과 시험해보려는 거지. 자신감을 위해서, 자존심을 위해서라면 카를로스 알론소나 비야레알 아이들보다는 내가 나을 테지. 나이는 암이 하는 만큼은 아니지만 그래도 암 비슷한 일을 꽤 하니까.

제2부. 아이가 지금으로부터 세 달 후에 나에게 전화해 "우리 만나요" 한 다음 다시 옷을 벗는다. 그게 다가올 재난일까?

테이트 미술관에는 스탠리 스펜서의 그림*, 사십대에 들어선 스펜서와 부인을 함께 그린 누드가 걸려 있어. 이것은 동거, 오랜 시간에 걸쳐 함께 산 양성兩性의 본질에 곧바로 다가가는 그림이야. 아래층 스펜서 책 하나에 그 그림이 있어. 나중에 가져

* 스탠리 스펜서의 1937년 작품 〈2인 누드 초상화: 화가와 그의 두번째 아내 혹은 양의 다리 누드〉.

올게. 스펜서는 가로누운 부인 옆에 쭈그리고 앉아 있어. 금속테 안경을 쓰고 가까운 거리에서 묵상하듯 아내를 내려다보고 있지. 우리 역시 그들을 가까운 거리에서 보고 있어. 우리 얼굴 바로 앞에 있는 두 벌거벗은 몸, 그들이 이제는 젊지도 매력적이지도 않다는 것을 볼 수 있기 때문에 오히려 좋아. 둘 다 행복하지 않아. 현재에는 무거운 과거가 매달려 있어. 특히 아내는 모든 것이 늘어지기 시작했고, 굵어지기 시작했고, 이제 줄무늬가 진 듯한 살보다 가혹한 일들이 닥칠 거야.

탁자 가장자리, 그림의 바로 앞 전경에는 고기 두 덩이, 커다란 양 다리와 달랑 하나 남은 작은 고깃조각이 있어. 날고기는 생리학적이라고 할 정도로 꼼꼼하게 그려져 있고, 조리되지 않은 그 음식 뒤로 불과 몇 인치 떨어진 곳에 처진 젖가슴과 흥분하지 않은 늘어진 자지가 마찬가지로 무자비할 정도로 솔직하게 그려져 있어. 정육점 진열장 안으로 고기뿐 아니라 결혼한 부부의 성적 해부도까지 전시되어 있는 것 같아. 콘수엘라를 생각할 때마다 뻔뻔스럽게 전시된 남편과 아내의 몸들 옆에 있는 원시시대 곤봉을 닮은 양 다리 날고기가 떠올라. 그림을 오래 볼수록 그 고기가 거기에, 그들의 매트리스에 그렇게 가까이 있는 게 어울리지 않는다는 느낌은 점점 줄어들어. 약간 멍한 표정의 아내에게는 우울한 체념이 있고, 그 옆에는 살아 있는 양과 아무런 공통점이 없는, 도살로 얻어낸 고깃덩이가 있는데, 콘수엘라가 찾아온 이후로 지금까지 삼 주 동안 나는 그 두 이미지를 머리에서 지울 수가 없어.

우리는 전 세계에 새해가 찾아오는 것을, 새 천년의 마지막 날을 기념한다는 아무 의미 없는 대중의 히스테리를 지켜봤어. 시간대를 가로지르며 광휘가 번쩍 타오르지만 빈라덴이 불을 붙인 건 하나도 없었어. 밤시간 런던 상공에서 소용돌이친 빛은 대공습Blitz* 때 너울거리며 피어오르던 색색의 연기의 광채 이후 그 어떤 것보다 장관이었고. 불을 쏘는 에펠탑은 베른헤르 폰브라운이 히틀러의 절멸의 무기고—고대 파리를 발사대로 한, 전 인류를 목표물로 삼은 역사적인 미사일 중의 미사일, 로켓 중의 로켓, 폭탄 중의 폭탄—를 위해 설계했을 법한, 불길을 내뿜는 무기를 모사한 것 같았고. 저녁 내내, 모든 방송에서 우리가 1945년 8월 6일** 이후 우리의 뒷마당 대피소에서 기다려온 아마겟돈을 흉내 냈고. 어떻게 그런 일이 일어나지 않을 수 있었을까? 바로 그날 밤, 특히 그날 밤에는 저녁 시간이 한 번의 긴 공습 훈련인 것처

* 제2차 세계대전 당시 독일의 영국 공습.

** 히로시마에서 원자폭탄이 터진 날.

럼 사람들이 최악을 예상했는데. 무시무시한 히로시마들의 사슬이 연결되면서 세계의 영속적인 문명들을 동시에 파괴하는 사태에 대한 기다림. 하지만 그런 일은 결코 찾아오지 않았어.

어쩌면 그것이 모두가 기념하고 있는 것이었는지도 몰라—그런 일이 찾아오지 않았다는 것, 결코 오지 않았다는 것, 종말이라는 재난이 이제 절대 오지 않으리라는 것. 모든 무질서는 자동차 판매 광고가 나오는 막간으로 중단되곤 하는 통제된 무질서야. 텔레비전은 자신이 가장 잘하는 것을 해. 평범화가 비극을 누르는 승리. 바버라 월터스와 함께하는 '표피의 승리'. 오래된 도시들을 파괴하는 대신 피상적인 것의 국제적 분출, 심지어 미국인들조차 본 적 없는 감상성의 지구적 폭발. 시드니에서 베들레헴을 거쳐 타임스스퀘어에 이르기까지 상투어들이 초음속적 속도로 재순환돼. 폭탄 하나 터지지 않고, 피 한 방울 흘리지 않고—다음에 듣게 될 쾅 소리는 번영의 쿵 소리와 시장이 폭발하는 소리일 거야. 비참함을 조금이라도 선명하게 드러내면 그것은 우리 시대, 가장 웅장한 환상의 과장된 자극이라는 진정제를 맞은 우리 시대에 의해 평범하게 바뀌어버리고. 이 짐짓 자극적으로 연출된 복마전을 지켜보면 부유한 세계가 번영에 찬 암흑의 시대로 열심히 진입한다는 느낌이 들어. 야만닷컴barbarism.com의 도착을 알리는 인간 행복의 밤. 새 천년의 똥과 키치를 그에 어울리게 환영하는 밤. 기억하는 것이 아니라 잊어야 할 밤.

내가 콘수엘라를 안고 앉아 있던, 벌거벗은 아이를 두 팔로 감싸안고 있던, 함께 텔레비전으로 새해 전날 밤이 쿠바에 도달하는 것을 지켜보면서 두 손으로 아이의 젖가슴을 덥히던 소파에서는 달랐지만. 우리 둘 다 그게 화면에 나타날 거라고 예상하지 못했지만 실제로 우리 앞에 아바나가 있어. 관광객 천 명을 채운, 스스로 나이트클럽이라고 부르는 원형경기장으로부터 마피아 시절 씀씀이가 큰 소비자들을 끌어모으던 카리브 해 화끈한 도시를 경찰국가식으로 방부 처리한 미라가 등장해. 트로피카나 호텔의 트로피카나 나이트클럽. 전혀 재미없는 연예인들을 제외하면 쿠바인은 보이지 않고, 수많은 젊은 사람들—ABC 방송국이 전하는 바에 따르면 아흔여섯 명이야—이 한심한 하얀 의상을 입고서, 춤을 추거나 노래를 한다기보다는 손에 드는 마이크에 대고 울부짖으며 무대를 선회해. 쇼걸들은 발끈하여 돌아다니는, 다리가 긴 라티노 웨스트빌리지의 복장도착자처럼 보여. 그들의 머리에는 엄청나게 큰 전등갓—ABC에 따르면 3피트 높이야—이 덮여 있어. 머리에는 전등갓을 쓰고, 등뒤로는 물결치는 커다란 갈기 같은 하얀 주름 장식을 늘어뜨렸어.

"맙소사," 콘수엘라가 이렇게 내뱉더니 울기 시작했어. "이건," 아이는 말하다 화를 버럭 냈어. "이따위 게 그자가 세상에 보여주는 거라니. 이게 그자가 새해 전날 밤에 보여주는 거라니."

"정말이지 괴상한 소극 한 편이네. 어쩌면," 나는 말했어. "카스트로는 이런 게 재미있는 장난이라고 생각하는 건지도 몰라."

진짜 그럴까, 궁금해. 무의식적인 자기 풍자일까—카스트로가 그렇게 물정을 모르는 걸까—아니면 의도적으로 풍자해서 자본주의 세계에 대한 그의 증오와 일관성을 유지하는 걸까? 카스트로, 바티스타의 부패, 카스트로에게 그 부패라는 건 바로 이 트로피카나 같은 관광객 나이트클럽으로 상징된다고 생각할 수 있는데, 그런 부패를 그렇게 경멸하던 카스트로가, 저걸 새 천년 선물이라고 내놓다니? 교황이라면 그러지 않을 거야—교황에게는 훌륭한 홍보부가 있을 테니까. 오직 구소련만이 이런 번지르르한 싸구려에 맞먹을 수 있었을 거야. 카스트로는 선택할 수 있는 것이 수도 없이 많을 텐데, 구식의 사회주의 리얼리즘적인 장면이 수도 없이 많을 텐데. 설탕 플랜테이션, 산과 병동, 시가 공장에서 열리는 기념식 같은 것들. 담배를 피우는 행복한 쿠바 노동자들, 활짝 웃는 행복한 쿠바 어머니들, 젖을 먹는 행복한 쿠바 갓난아기들…… 그런데 관광객들에게 시시껍절하기 짝이 없는 연예물을 보여주다니? 의도적인 것인가 멍청한 것인가, 아니면 역사의 모눈 위의 아무 의미 없는 자국을 이렇게 모두 히스테리에 사로잡혀 경축하는 것을 거기 어울리게 놀려준다고 생각한 것일까? 동기가 무엇이든 그는 거기에 한푼도 쓰지 않을 거야. 그걸 생각하는 데 일 분의 시간도 쓰지 않을 거야. 혁명가 카스트로가 왜, 우리가 이해하지 못하는 무언가를 이해하고 있다는 느낌을 주는 그 어떤 것에 관심을 가지겠어, 누구든 왜 관심을 가지겠어? 시간의 흐름. 우리는 헤엄을 치고 있어, 시간 속으로 가라앉고 있어, 그러다 마침내 익사해 사라져. 이 아무것도 아닌 것이 대단한 사건으로 만들어지는 동안 콘수엘라는 여기서 자기 인생의 가장 큰 사건으로 고통을 겪고 있어. '커다란 끝.' 무엇이 끝나는지, 뭐라도 끝나긴 끝나는지 아무도 모르는 것 같고, 무엇이 시작되는지는 당연히 아무도 모르는데. 뭘 경축하는지 아무도 모르면서 이런 미친 듯한 축하라니.

콘수엘라 혼자만 알아. 콘수엘라는 이제 나이의 상처를 아니까. 늙는 것은 늙어가는 사람 외에는 누구도 상상할 수 없지만 콘수엘라는 이제 그렇지 않아. 이 아이는 이제 젊은 사람들이 하듯 시작하는 곳에서부터 뒤로 짚어가며 시간을 재지 않아. 젊은 사람들에게 시간은 늘 지나간 것으로 이루어져 있지만 이제 콘수엘라에게 시간은 자신에게 얼마나 많은 미래가 남았느냐 하는 것이고, 이 아이는 자신에게는 남은 게 없다고 믿어. 이제는 시간을 앞으로 헤아려서 재. 죽음에 얼마나 가까워지는지로 시간을 헤아려. 환상, 메트로놈의 환상, 똑딱, 모든 일이 자기에게 맞는 시간에 일어난다는 위안은 깨졌어. 아이의 시간 감각은 이제 나와 같아, 가속도가 붙고 심지어 내 감각보다 쓸쓸해. 아이는 사실 나를 따라잡았어. 나는 여전히 나 자신에게 "나는 오 년 안에는 안 죽어, 어쩌면 십 년 안에도 안 죽어, 나는 튼튼해, 나는 건강해, 심지어 이십 년을 더 살지도 몰라" 하고 말할 수 있는 반면 이 아이는……

유년의 가장 사랑스러운 동화는 모든 일이 순서에 따라 일어난다는 거야. 조부모는 부모보다 훨씬 먼저 떠나고, 부모는 너보다 훨씬 먼저 떠나. 운이 좋다면 그런 식으로, 사람들이 순서에 따라 나이들고 죽는 식으로 진행되어 그 사람이 살 만큼 살았다는 생각으로 장례식에서 고통을 달랠 수 있어. 그런 생각이 소멸의 무시무시함을 줄여주지는 않지만, 우리가 메트로놈 환상을 말짱하게 유지하고 시간의 고문을 몰아내기 위해 사용하는 트릭이긴 해. "아무개는 살 만큼 살았어." 하지만 콘수엘라는 운이 좋지 않아 사형선고를 받고 내 옆에 앉아 있고, 화면에서는 밤새도록 환락이 펼쳐져. 끝이 열린 미래를 끌어안으라고 유치하게 날조된 히스테리를 보여주는 건데, 성숙한 어른이라면 미래가 아주 유한하다는 것을 알고 우울해하기 때문에 그런 태도일 수가 없지. 그리고 이 제정신이 아닌 밤에 누구도 그것을 알면서 콘수엘라보다 우울할 수는 없어.

"아바나." 아이는 시간이 갈수록 더 심하게 울고 있어. "언젠가 아바나를 보게 될 거라고 생각했어요." "아바나를 볼 거야." "보지 못할 거예요. 오, 데이비드, 우리 할아버지는……" "그래, 할아버지가 뭐? 어서, 말해줘, 말해봐." "우리 할아버지는 거실에 앉아 있곤 했어요……" "계속해봐." 내가 아이를 두 팔로 안고 있는 동안 아이는 자기 이야기를 하기 시작했는데, 전에는 그런 식으로 이야기한 적이 없고, 할 이유도 없었고, 또 아마 전에는 아이 자신도 그런 방식이 있다는 걸 알지도 못했을 거야. "〈뉴스아워〉를 틀어놓고, 〈맥닐-레러 뉴스아워〉를 틀어놓고, 그러다," 아이는 눈물을 펑펑 쏟으며 말했어. "갑자기 한숨을 쉬곤 했어요, '포브레 마마'* 증조할머니는 할아버지가 안 계실 때 아바나에서 돌아가셨거든요. 그분들 세대, 그 세대는 떠나지 않았거든요. '포브레 마마' '포브레 파파'** 그분들은 뒤에 남으셨어요. 할아버지는 그분들 때문에 그런 슬픔, 그런 갈망에 사로잡히곤 했던 거예요. 끔찍한, 끔찍한 갈망. 그런데 제가 가지고 있는 게 바로 그거예요. 하지만 이건 저 자신 때문이에요. 제 인생 때문이에요. 저는 저 자신을 느껴요, 제 손으로 제 몸을 느껴요. 이렇게

---

* '불쌍한 어머니'라는 뜻의 스페인어.

** '불쌍한 아버지'라는 뜻의 스페인어.

생각하죠, 이건 내 몸이다! 이건 사라져버릴 수가 없다! 이게 현실일 리 없다! 이런 일이 일어나고 있을 리가 없다! 이게 어떻게 사라져버릴 수 있어? 저는 죽고 싶지 않아요! 데이비드, 저는 죽는 게 두려워요!" "콘수엘라, 얘야, 너는 그렇게 되지 않아. 너는 서른둘이야. 너는 아주 오랫동안 죽지 않을 거야." "저는 망명자로 자랐어요. 그래서 모든 게 무서워요. 제가 그렇다는 걸 아셨어요? 저는 모든 게 무서워요." "아, 아니야. 그랬다고 생각하지 않아. 모든 게? 오늘밤에는 그렇게 보일지 몰라도 아니야……" "늘 그래요. 우리 가족의 망명은 제가 원한 게 아니에요. 하지만 자라면서 내내 '쿠바, 쿠바, 쿠바' 하는 소리를 듣게 돼요…… 그런데 보세요! 저 사람들! 저 천박한 사람들! 그자가 쿠바에 해놓은 짓을 보세요! 저는 쿠바를 절대 보지 못할 거예요. 그 집을 절대 보지 못할 거예요. 그분들 집을 절대 보지 못할 거예요." "아냐, 보게 될 거야. 카스트로가 사라지면……" "제가 사라질 거예요." "너는 사라지지 않아. 너는 여기 있을 거야. 겁먹지 마. 겁먹을 필요 없어. 너는 괜찮을 거야. 너는 살 거야……" "제가 어떤 그림을 갖고 있었는지 알고 싶으세요? 저곳에 대해? 평생? 제 머릿속에 있는 쿠바 그림 말이에요." "그래, 말해봐. 진정하고 다 이야기해봐. 텔레비전을 끌까?" "아니요…… 아니에요. 다른 게 나올 거예요. 그래야만 해요." "네 머릿속에 있는 그림을 얘기해봐, 콘수엘라." "해변 그림이 아니에요, 그게 아니에요. 우리 부모님한테는 그런 그림이죠. 우리 부모님은 거기서 아주 즐겁게 놀았다는 이야기를 하셨어요. 아이들이 해변에서 뛰어다니고, 사람들이 안락의자에 앉아 미모사 칵테일을 주문하고. 부모님은 해변에서 집을 빌리고 뭐 그러셨다는데, 제가 가진 기억은 그게 아니었어요. 다른 거였어요. 평생 가지고 있던 기억이에요. 오, 데이비드…… 그분들은 자신들이 묻히기 오래전에 쿠바를 묻어버렸어요. 그래야만 했어요. 아버지, 할아버지, 할머니, 모두 절대 돌아가지 못할 거라는 걸 알았죠. 실제로 돌아가지 못했고요. 그리고 이제 저도 절대 못 가요." "갈 거야," 나는 아이에게 말했어. "네가 평생 가지고 있던 그림이 뭐야? 나한테 말해봐. 말해봐." 내가 말했어. "저는 늘 돌아갈 거라고 생각했어요. 그냥 그 집을 볼 거라고요. 그게 거기에 있을 거라고요." "네 머릿속에 있는 그림이 집이야?" 내가 아이에게 물었어. "아니요. 길이에요. 엘 말레콘. 아바나의 어떤 사진을 봐도 바로 물가에 있는 아름다운 길 엘 말레콘이 나와요. 그 길에 담이 있는데, 사진을 보면 모두 담에 앉아 놀고 있어요. 〈부에나 비스타 소셜 클럽〉 보셨어요?" "봤지. 물론 너 때문에 봤지. 그걸 보면서 네 생각을 했어." "그래요, 그게 거기 나오는 길이에요," 아이가 말했어. "파도가 부서지는 곳이요. 그 담. 딱 한순간 보여요. 저는 늘 제가 거기 가 있을 거라고 생각했어요." "그 길이었을지도 모르겠구나." 나는 아이에게 말했어. "그 길이었어야 해요." 콘수엘라가 말했는데, 아이는 다시 걷잡을 수 없이 울고 있었고 화면에서는 전등갓(우리는 그 각각이 무게가 6킬로그램 나간다는 것을 알게 됐어)을 쓴 쇼걸들이 무대를 제멋대로 가로지르며 퍼레이드를 하고 있어. 그래, 이건 분명히 카스트로가 20세기를 향해 "좆까" 하고 말하는 거야. 이게 그가 역사에서 했던 모험의 종말이기도 하기 때문에, 인간의 사건들이라는 악보에 그가 남긴, 또 남기지 못한 자국의 종말이기도 하기 때문에. "말해봐," 나는 아이에게 말했어. "전에는 이런 얘기 한 적이 없잖아. 팔 년 전에는 이런 식으로 말하지 않았잖아. 그때 너는 듣는 사람이었어. 내 제자였지. 나는 이런 건 전혀 알지 못했어. 어서. 어땠어야 했는지 말해봐." "그 담," 아이가 말했어. "그리고 저. 그게 다예요. 거기 나가 놀면서 사람들하고 이야기하는 거. 그거예요. 물가에 있지만 도시 안에 있는 거죠. 거긴 만남의 장소예요. 산책길이에요." "글쎄, 아주 황폐해 보이던데," 나는 말했어. "영화에서는." "맞아요. 하지만 제가 살면서 쭉 봤던 건 그렇지 않았어요."

그다음에는 비탄, 그다음에는 아이의 가족이 잃은 모든 것에 대한 무거운 슬픔, 망명중에 죽은 아버지와 할아버지, 망명중에 곧 죽게 될 자신(과 전에는 한 번도 그렇게 잔인하게 느껴본 적이 없는 망명), 카스트로가 망쳐놓은 카스티요 집안의 쿠바의 모든 것, 이제 곧 자신이 떠나게 될까봐 두려운 모든 것—그 모든 것이 너무 커서 콘수엘라는 내 품에서 족히 오 분 동안 제정신이 아니었어. 나는 아이의 몸이 느끼는 공포가 외화外化된 것을 보았어. "왜 그래? 콘수엘라, 어떻게 해줄까? 말하면 그대로 할게. 너를 그렇게 괴롭히는 게 뭐야?"

말할 수 있게 되었을 때 아이가 나에게 한 이야기는 이거야. 놀랍게도, 이게 아이가 가장 괴롭다고 한 거야. "저는 늘 부모님한테 영어로 대답했어요. 오, 맙소사. 스페인어로 대답을 더 많이 했으면 얼마나 좋을까요." "누구한테?" "아버지요. 제가 파피라고 부르면 아주 좋아하셨어요. 하지만 어렸을 때 이후로는 한 번도 그렇게 부르지 않았어요. 그냥 영어식으로 불렀어요. 그래야만 했어요. 미국 사람이 되고 싶었거든요. 저는 그분들의 그 모든 슬픔을 원치 않았어요." "사랑하는 콘수엘라, 네가 아버지를 어떻게 불렀건 이젠 중요하지 않아. 아버지도 네가 아버질 사랑한다는 걸 알았어. 아버지는 네가 얼마나……" 하지만 아이에겐 위로가 되지 않았어. 나는 전에 아이가 이렇게 이야기하는 것을 들은 적이 없었고, 그다음에 한 것처럼 행동하는 것을 본 적도 없었어. 아무리 차분하고 합리적인 사람이라 해도 어리석을 정도로 죽음을 두려워하는 제2의 인격이 감추어져 있기 마련이지만, 서른두 살짜리에게 '지금'과 '그때' 사이의 시간은 보통 너무 광대하고, 너무 가없어서, 그 제2의 인격에, 또 그 제2의 인격에게는 일상인 광기의 상태에 가까이 다가가는 것은 어쩌면 일 년에 한두 번, 그것도 늦은 밤에 아주 잠깐뿐일 거야.

그때 아이가 한 행동은 모자를 벗은 거였어. 모자를 휙 던져버린 것. 그때까지는 내내, 알잖아, 그 페즈 같은 모자를 쓰고 있었어. 다른 데는 다 벗었을 때도 또 내가 아이를 위해 젖가슴 사진을 찍고 있을 때도. 그런데 이제 그걸 확 벗어던진 거야. 새해 전날 밤의 방종과 더불어 우스꽝스러운 새해 전날 밤의 모자를 벗어던진 거야. 먼저 카스트로의 섹시한 무대 쇼라는 소극이 있고 나서 이제 콘수엘라의 죽을 수밖에 없는 운명이 완전히 드러난 거야.

모자를 쓰지 않은 아이를 보는 건 섬뜩했어. 무슨 깃털 같은 머리카락, 아주 짧고 성기고 색깔 없고 의미 없는 머리카락이 난 아주 젊고 아름다운 여자—아이의 머리 위에서 그런 한심한 보풀을 보느니 차라리 이발소에 가서 면도날로 밀어 대머리를 만들어버리는 게 낫겠다 싶더군. 누군가를 늘 그 사람을 생각하던 방식으로—자기만큼이나 팔팔하게 살아 있다고—생각하다가, 이제 그 사람이 죽음에 가까이 다가가 있다, 죽어가고 있다는 사실을 의미하는 것—솜털이 군데군데 자란 아이의 머리가 그런 것이었지—으로 갑자기 눈이 돌아간 셈인데, 나에게 그 순간은 충격일 뿐 아니라 배신으로 다가왔어. 내가 그 충격을 그렇게 빨리 흡수하고 이런 계산을 한 것이 콘수엘라에 대한 배신이라는 거지. 트라우마의 순간이 우리에게 닥친 거야. 변화가 일어나는 때에, 더는 한 사람의 기대가 상대방의 기대와 닮을 수 없고, 이쪽이 아무리 적절하게 행동하고 있고 또 계속 그렇게 행동해도 이쪽이 떠나기 전에 상대가 떠날 거라는 걸—운이 좋다면, 한참 전에 떠날 거라는 걸—알게 되는 때에.

그 자체. 그게 거기 있었어. 그것의 모든 공포가 그 머리에. 콘수엘라의 머리에. 나는 거기에 키스하고 또 키스했어. 달리 내가 뭘 할 수 있었겠어? 화학치료의 독. 그것이 아이의 몸에 한 모든 짓. 그것이 아이의 마음에 한 모든 짓. 아이는 서른둘인데, 이제 모든 것으로부터 망명했다고 생각하고 모든 경험 하나하나를 마지막으로 여기며 경험하고 있어. 하지만 만일 그런 게 아니라면? 만일……

저거! 전화가 왔네! 저거 어쩌면……! 몇시지? 새벽 두시네. 잠깐 실례!

맞아. 그 아이였어. 아이가 전화를 했어. 마침내 전화를 했어. 나 가봐야겠어. 아이가 잔뜩 겁에 질려 있어. 이 주 뒤에 수술을 할 거래. 마지막 화학치료를 받았대. 아이가 나한테 자기 몸이 얼마나 아름다운지 이야기해달라고 했어. 그래서 이렇게 오래 자리를 비웠던 거야. 그게 아이가 듣고 싶어했던 거야. 그게 아이가 거의 한 시간 동안 이야기하고 싶었던 거야. 자기 몸. 수술 뒤에도 남자가 다시 내 몸을 사랑할 거라고 생각하세요? 이게 아이가 계속해서 묻는 거야. 알다시피, 이제 젖가슴을 완전히 들어내기로 결정했어. 원래는 젖가슴 밑으로 들어가 일부만 제거할 계획이었지. 하지만 지금은 그러기에는 너무 심각하다고 생각한대. 그래서 들어낼 수밖에 없대. 십 주 전만 해도 아이한테 일부만 들어낼 거라고 말했는데 이제는 전체를 들어낼 거라고 말하고 있어. 잊지 마, 이건 젖가슴이야. 사소한 일이 아니야. 오늘 아침에 병원에서 아이한테 어떻게 할 건지 말해주었대. 지금은 밤이고, 아이는 혼자고, 모든 걸 전체적으로 볼 때…… 가야겠어. 아이는 내가 거기 있기를 바라. 아이 침대에서 함께 자주기를 바라. 하루종일 먹지도 못했대. 뭔가 먹어야 돼. 먹여줘야 돼. 너? 원한다면 그냥 있어. 있고 싶으면, 떠나고 싶으면…… 이봐, 시간이 없어, 서둘러야 돼!

"안 돼요."

뭐?

"가지 마요."

하지만 가야 돼. 누군가 아이와 함께 있어야 돼.

"다른 누군가를 찾을 거예요."

아이는 공포에 사로잡혀 있어. 갈 거야.

"생각해보세요. 생각해봐요. 가면 망하는 거예요."

옮긴이의 말

필립 로스는 『포트노이의 불평』에서도 W. B. 예이츠를 인용한 적이 있는데, 이번에는 아예 그의 시 「비잔티움으로 가는 배에 올라」의 한 구절에서 제목을 따왔다. 또 작품 속에서도 일부가 인용되고 있다. 워낙 유명한 시라 아는 독자가 많겠지만, 그래도 실속 없는 옮긴이의 말보다는 그 시를 한번 더 읽어보는 것이 『죽어가는 짐승』을 읽는 데 보탬이 될 듯하여 예이츠의 시 번역으로 옮긴이의 말을 대신할까 한다. 그렇다 해도 이 시는 작중인물인 케페시가 인용한 것이지 로스가 인용한 것은 아님을 잊지 마시기를. 물론 작품 제목을 그 시에서 따온 것은 로스지만.

비잔티움으로 가는 배에 올라

1

저건 노인을 위한 나라가 아니다. 서로의
품에 안긴 젊은 것들, 나무에서 노래하는 새들
—저 죽어가는 세대들—또
연어의 폭포, 고등어가 득실거리는 바다,
물고기, 살덩이, 새, 여름이 다 가도록
배고, 나고, 죽는 모든 것을 찬양한다.
모두 그 관능의 음악에 사로잡혀
늙지 않는 지성의 기념비들은 무시하면서.

2

늙은 자는 그저 지질한 물건일 뿐,
막대기에 걸려 있는 누더기 코트일 뿐,
영혼이 손뼉을 치며 노래하고, 결국은 스러져버릴 옷이
누더기가 될수록 그만큼 더 크게 노래하지 않는다면.
허나 영혼 자신의 장엄을 기리는 기념비를 공부하지 않고는
노래하는 법을 배울 길이 없어
나 배를 타고 바다를 건너

성스러운 도시 비잔티움에 왔다.

3

어느 벽의 황금 모자이크 속에 있는 것처럼
오, 신의 거룩한 불 속에 서 있는 현자들이여,
소용돌이치듯 맴을 돌며 거룩한 불에서 나와
내 영혼의 노래 선생이 되어다오.
내 심장을 살라다오, 욕망에 병들고
죽어가는 짐승에 단단히 들러붙어 있어
이 심장은 자기가 무엇인지도 모르니. 그렇게 나를
영원의 작품 속으로 거두어다오.

4

일단 자연에서 벗어나면 내 다시는
자연의 것에서 내 몸의 형상을 빌리지 않고,
그리스의 금 세공인이 망치로 편 황금
에나멜을 입힌 황금으로 만드는 형상을 따르리,
졸음에 겨운 황제를 깨우려고,
아니면 황금 가지에 올려놓고
비잔티움의 귀족과 귀부인들에게

지나간 것, 지나가는 것, 다가올 것
을 노래하게 하려고 만드는 형상을.

정영목

지은이 **필립 로스**
1998년 『미국의 목가』로 퓰리처상을 수상했다. 그해 백악관에서 수여하는 국가예술훈장을 받았고, 2002년에는 미국 예술문학아카데미 최고 권위의 상인 골드 메달을 받았다. 전미도서상과 전미도서비평가협회상을 각각 두 번, 펜/포크너 상을 세 번 수상했다. 2005년에는 『미국을 노린 음모』로 미국 역사가협회상을 수상했다. 또한 펜(PEN) 상 중 가장 명망 있는 펜/나보코프 상(2006)과 펜/솔 벨로 상(2007)도 받았다.

옮긴이 **정영목**
서울대 영문과를 졸업하고, 동대학원을 졸업했다. 전문번역가로 활동하며, 현재 이화여대 통역번역대학원 교수로 재직중이다. 옮긴 책으로 『바르도의 링컨』 『로드』 『선셋 리미티드』 『미국의 목가』 『에브리맨』 『울분』 『포트노이의 불평』 『굿바이, 콜럼버스』 『네메시스』 『달려라, 토끼』 『책도둑』 등이 있다. 『로드』로 제3회 유영번역상을, 『유럽문화사』로 제53회 한국출판문화상(번역 부문)을 수상했다.

문학동네 세계문학
죽어가는 짐승

1판 1쇄 2015년 10월 19일 | 1판 6쇄 2023년 11월 30일

지은이 필립 로스 | 옮긴이 정영목
책임편집 홍유진 | 편집 이현자 양재화
디자인 윤종윤 이원경 | 저작권 박지영 형소진 최은진 서연주 오서영
마케팅 정민호 서지화 한민아 이민경 안남영 왕지경 황승현 김혜원 김하연 김예진
브랜딩 함유지 함근아 고보미 박민재 김희숙 박다솔 조다현 정승민 배진성
제작 강신은 김동욱 이순호 | 제작처 영신사

펴낸곳 (주)문학동네 | 펴낸이 김소영
출판등록 1993년 10월 22일 제2003-000045호
주소 10881 경기도 파주시 회동길 210
전자우편 editor@munhak.com | 대표전화 031) 955-8888 | 팩스 031) 955-8855
문의전화 031) 955-1927(마케팅) 031) 955-2685(편집)
문학동네카페 http://cafe.naver.com/mhdn
인스타그램 @munhakdongne | 트위터 @munhakdongne
북클럽문학동네 http://bookclubmunhak.com

ISBN 978-89-546-3794-7 03840

www.munhak.com

미국 현대문학의 거장 필립 로스

에브리맨 **정영목** 옮김

제게 『에브리맨』은 올 최고의 소설이 될 것 같습니다. 이처럼 읽는 이를 뒤흔들 수 있는 소설은 만나기 쉬운 게 아니니까요. _이동진(영화평론가)

울분 **정영목** 옮김

청춘의 격정으로 불탈 만큼 여전히 분노하고 동시에 그 격정이 스스로를 파멸시킬 수 있음을 이해할 만큼 충분히 현명한 작가로부터 나오는 폭발을 볼 수 있는 소설.
_워싱턴 포스트

포트노이의 불평 **정영목** 옮김

이 작품을 즐기면서 조금도 죄책감을 느끼지 말기를. 『호밀밭의 파수꾼』 이래 이런 기쁨을 주는 미국 소설은 처음이다. _뉴욕 타임스

위대한 미국 소설 **김한영** 옮김

비극과 희극, 조롱과 풍자, 우화와 익살, 광기와 증오, 수치와 신념…… 필립 로스의 야구는 위대한 문학이다. 치명적인 허구다. 살아남은 진실이다. _서효인(시인)

네메시스 **정영목** 옮김

죽은 자들의 무덤에까지 가닿는, 문학과 인생에 대한 마스터클래스. _가디언

전락 **박범수** 옮김

품위 있다. 무자비하다. 직설적이고 절박하며 절제된 문장으로 그려내는 열에 달뜬 꿈 같은 이야기. 로스는 거장이다. _로스앤젤레스 타임스

굿바이, 콜럼버스 **정영목** 옮김

필립 로스가 계속 단편소설만 썼다 해도 그는 여전히 우리 시대 최고의 작가가 되었을 것이다. 그의 데뷔작이자 유일한 소설집인 『굿바이, 콜럼버스』는 그만큼 훌륭하다. _래리 다크(편집자)

새버스의 극장 **정영목** 옮김

필립 로스의 작품 가운데 가장 풍부하고 만족스럽다. 웃기고 심오하며, 글쓰기로 표현할 수 있는 강렬함의 극치를 보여준다. _뉴욕 타임스

미국을 노린 음모 **김한영** 옮김

그의 인생에서 가장 뛰어난 작품을 썼다. 살아 있는 모든 이의 피부를 파고드는 역사를 그보다 잘 포착해내는 작가는 없다. _가디언